U0106281

時空調查科 ⑬

巨象戰隊

關景峰　著

新雅文化事業有限公司
www.sunya.com.hk

時空調查科

阿爾法小組

—— 人物介紹 ——

凱文

特工代號：051

年　　齡：13歲

組內擔當：分析大師

特　　長：IQ極高，分析力超強，
　　　　　多謀善斷

最強裝備：萬能手錶

萬能手錶

具備通訊、翻譯、搜尋、地圖等等功能，還能按需要升級更新其他功能。

張琳

特工代號：059

年　　齡：13歲

組內擔當：攻擊大師

特　　長：擁有驚人的戰鬥力，對各種
　　　　　武器都運用自如

最強武器：先鋒寶盒

先鋒寶盒

可變化成霹靂劍、迴旋鏢和流星錘三種武器的神奇寶盒。

西恩

特工代號：056

年　　齡：12歲

組內擔當：防衛大師

特　　長：能針對不同攻擊使出各種防禦
　　　　　力強大的招式

最強招式：防禦盾、防禦弧

防禦盾

原為硬幣般大小的鐵片，使用時會變大成圓形盾牌。

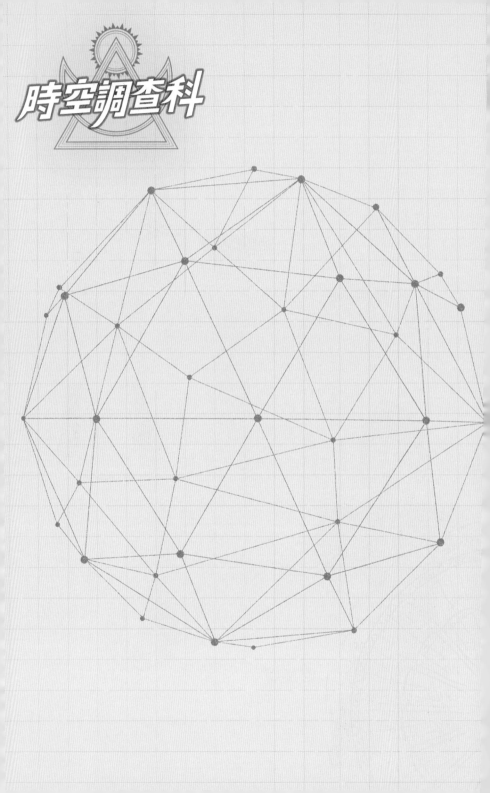

目 錄

CHAPTER 1

塔蘭托城港口

「張琳，看見了嗎？」西恩和我們趴在土坡的坡頂上，着急地問。

「不要着急呀，我在慢慢找呢。」張琳拿着一架微型望遠鏡，看着遠處的港口，那裏十分繁忙，一艘艘的大船正在靠岸，船上走下來一隊隊古代士兵。

「還是我來看吧，我的視力更好……」西恩説着想去搶望遠鏡。

「這和視力有什麼關係？你在旁邊好好待着，特里克要是沒下船，視力再好也看不見。」張琳閃了一下，説道。

「哎，早知道就多拿兩架望遠鏡穿越過來了。」西恩有些後悔地説。

「雖然微小型器物可以隨同穿越，但也不能帶那麼多呀。」我笑了笑，説道。

我們此時在西元前280年意大利塔蘭托城南部的港口。來到這裏，是為了捉拿一個叫特里克的傢伙，他是毒狼集團的重要成員，在意大利米蘭市重傷三人後逃走，他還有販毒和縱火的罪行。他當然知道，一旦被抓住，會被嚴懲。所以，我們得到的情報是，特里克已經穿越到了古代希臘的伊庇魯斯地區，而且想要在那裏長久生活下去，不再返回現代社會了。這種情況倒是較為罕見的。

我們是前一天穿越到古代希臘的伊庇魯斯地區，我們到了當時這個地區的中心城市安布累喜阿，得到一個驚人的消息，特里克已經從軍，而且因為武力超強，已經當上了伊庇魯斯重騎兵大隊的軍官。他連名字都沒有更改，還是叫特里克。

無論特里克變成什麼，我們都要把他抓回去，只不過難度會高一些。我們接近重騎兵大隊的軍

營，發現軍營已經空了。了解後得知，伊庇魯斯的國王皮洛士已經帶領幾萬部隊，前往意大利，準備和羅馬的軍隊決一死戰，重騎兵大隊當然一起跟隨前往了。

伊庇魯斯的軍隊是剛開拔的，他們要坐船前往意大利，航程大概要三天。他們的目的地是意大利的塔蘭托，所以我們三個決定再次穿越，算好了時間，穿越到塔蘭托這裏，再去找特里克。不過可能是在海上遇到了風浪，伊庇魯斯大軍的船隊抵達晚了，我們搶先到達了塔蘭托港口，我們到達後一個小時，伊庇魯斯大軍的第一條船才在塔蘭托停靠下來。

塔蘭托城是伊庇魯斯的盟友，伊庇魯斯的部隊其實也是為了幫助遭到羅馬軍隊攻擊的塔蘭托城才來的。塔蘭托士兵在港口迎接着盟友的到來，整個碼頭此時顯得非常忙亂。

海面上，聲勢浩大的船隊接踵而來，西恩數了

數，怎麼也數不過來，看上去船隊最少也有二百條船。這段歷史，我們是知道的，這就是發生在西元前280年的赫拉克利亞戰役的序幕階段，而且我們知道戰役結果，但我們無法改變也不需要去改變。我們只關心隱匿在裏面的一個穿越者，只要成功抓到特里克，我們便立即返回。

「記住了，長這個樣子，他現在是個軍官。」西恩帶着一張特里克的照片，他在張琳身邊，把照片遞給張琳。

「不要吵，我記着了，我過目不忘。」張琳很是厭煩地説，「船一條一條的靠岸，人太多，我在仔細分辨呢。」

我拉了拉西恩，叫他不要去干擾張琳。我和西恩用肉眼觀察，由於距離較遠，而那些士兵都穿着一樣的軍裝，在這麼多人中尋找特里克，的確有難度。

「凱文，發現特里克後就去抓他嗎？」西恩忽

然問道。

「看情況，畢竟他現在是軍官，直接抓捕他，周圍那麼多士兵會攻擊我們，我們只有三個人，根本招架不住。」我想了想，說道，「我們可以貼近後暗中跟上，看看他在哪裏紮營，找個他身邊沒人或者人少的機會動手，抓到他後便立即穿越回去。」

「大人物下船了。」張琳忽然叫了一聲。

我們連忙看過去，只見一條大船上，先是下來一大隊衞兵。隨後，一個衣着華麗的人從士兵在地面鋪設的木板上走下了船，他身邊有一個人撐着一頂巨大的傘給他遮陽，他的身後還跟着十幾個衞兵，而碼頭上的那些士兵全部列隊敬禮。這個人大搖大擺地下了船，上了一架馬車，坐進了車廂裏，馬車隨後向不遠處的塔蘭托城駛去，那些衞兵緊緊地跟着。

「皮洛士，他就是希臘伊庇魯斯的國王，這次

的赫拉克利亞戰役就是他統領指揮的。」我判斷地說，「看看這個架勢，一定就是他。」

「一場很著名的戰役。」西恩來之前也有研究過這段歷史，「我們現在經常說的皮洛士式勝利，那種付出高昂代價的慘勝，就是從這裏來的。」

「西恩，你懂得還真不少呢！」張琳有些嘲弄地說，「不過不要再擠着我了。」

「噢，抱歉。」西恩連忙往旁邊挪了挪位置，土坡的坡頂不大，我們三個擠了在一起，影響了張琳觀察環境。

港口那裏，又有一條大船靠岸，地面的士兵連忙鋪設好木板。隨即，一隊士兵從船上走了下來，隨後走下來的是幾匹高大的戰馬。

「特里克。」張琳激動地叫了一聲，「沒錯，就是他！」

「哪裏？」我連忙問，同時伸出手，要張琳的望遠鏡。

「剛上甲板，跟在那匹白馬後面。」張琳説着把望遠鏡遞給了我。

我用望遠鏡看過去，清楚地看到了特里克，他得意洋洋地走下船，他的身後跟着四個身材高大的士兵。特里克雖然穿着希臘武士的軍服，但是那張臉和我們照片上一樣，他大概三十多歲，個子不是很高。

西恩也接過望遠鏡看了看，他也確定那就是特里克。

「走吧，貼過去，跟緊他，看看有沒有機會動手。」我俯身向後退了幾米，説道，「我們先繞過去。」

張琳收起望遠鏡，也退了幾米，我們起身下了土坡，隨後從土坡繞了一圈，來到了地面上，我們距離港口不到二百米。

張琳和西恩緊緊盯着前面的特里克，特里克走下甲板後，一直站在那裏，並沒有很快離開。這下

西恩和張琳有些猶豫了，我們原本以為他下船後就離開港口，我們在後面跟着，沒想到他在港口那裏不走了。

「過去看看他要幹什麼。」我想了想，眼睛看看港口碼頭那些賣貨的商販。

商販都有個貨筐，裏面放着水果，或者頂着，或者捧着，或者挎着，他們賣力地向那些剛下船的士兵推銷自己的水果，確實有些士兵購買。商販都是塔蘭托人，其中有些商販還是孩子。而碼頭周邊，有士兵站崗。

我們三個走過去，我拉住了一個青年，他比我們稍微大一點，挎着一個筐，急匆匆地向碼頭走着，應該是去賣貨。

「你這些水果全都賣嗎？」我問道。

「當然。」那個孩子説。

「全部買下來多少錢？」我又問。

「全買下來？」那個孩子眨眨眼，「十個斯塔

特⋯⋯啊，不是，十五個斯塔特⋯⋯」

「我給你二十個斯塔特，把你的筐也一起給我。」我說道，同時看了看張琳。

張琳點點頭，把錢拿了出來。那個孩子的兩隻眼睛都瞪圓了，他極其興奮，把筐交給了我。

「我還能弄到同樣的水果，還有同樣的筐，我這就去弄⋯⋯」

「可以了，我只要這個。」我擺了擺手，隨後把筐挎在脖子上。

那個孩子拿着錢，轉身跑了。我看看張琳和西恩，往他們的手裏各塞了兩個水果。

「跟着我去賣貨吧，現在我們可以進到碼頭上了。」

我們向前走了幾十米，來到了碼頭周邊，那裏站着幾個士兵，看到我們挎着水果筐，都不管我們，我們順利地進到碼頭裏。

我們的目的就是要靠近特里克，在碼頭這裏應

該沒有機會抓捕，但是我們會一直緊跟着他。

「買個蘋果吧。」張琳拿着兩個蘋果，向一隊列隊開拔的士兵假意兜售，她的眼睛一直盯着前面。

大概距離我們不到五十米，特里克站在木板旁邊，指手畫腳地比畫着，好像在指揮手下完成什麼任務。隨後，來了幾個士兵，在已經搭建好連接一條大船和岸邊的下船木板上，又蓋上了一層木板。

我們不知道士兵為什麼要這麼做，我們只是緊緊地盯着特里克。這裏的確不能進行抓捕，我們周圍全是士兵，那四個高大的衛兵一直站在特里克身邊。

「啊——」西恩忽然叫了一聲，他瞪大了眼睛，看着一條大船的船舷。

CHAPTER 2

五十隻大象

　　大船的船舷邊，開了一個側門，下船木板就搭在側門下。一隻身材巨大的大象，被一個士兵牽引着，踏上了木板，慢慢地走下了船。

　　下船的大象不僅震驚了我們，塔蘭托城的士兵，還有那些賣水果的小販，全都驚叫起來，一起圍過來，興奮地看着那隻下船的大象。

　　第一隻大象下船後，第二隻、第三隻、第四隻、第五隻，依次走了下來。這條船上走下來五隻大象，我們也明白為什麼下船木板要蓋雙層了，那是因為怕被這些龐然大物給踩斷。

　　五隻大象下船後，被集中在一起，特里克上前，拍了拍那隻最先走下來的大象，那些大象似乎都很順服，很聽特里克的話。

另外一條船靠過來，先是一些士兵下船，隨後又有五隻大象被牽引着走下了船。

　　碼頭一片沸騰，人們擁擠着，幾個膽子大的人還想去摸摸大象，但是被士兵們給攔住了。

　　接連又開過來幾條船，那裏有四十隻大象，加上已經下船的，一共五十隻大象，全部在港口排列起來。這些大象身體兩側，全都用希臘字母寫着一個編號。

　　此時，特里克忙前忙後，指揮着士兵排列好大象。接着，一座座四四方方，類似箱子一樣的木板城堡被抬下了船，我數了一下，也有五十座。

　　「木板城堡是放在大象後背上的，這樣武士就可以坐在木板城堡裏作戰。」我小聲地對張琳和西恩說，「這些大象是被訓練的戰象，用於打仗作戰，武士在象背上可以用長矛刺殺敵人，也可以用箭射他們。大象本身也有衝擊力，可以震懾或直接踩踏敵人。」

「來的時候，我看了這段歷史，這場戰役，希臘方面據説有戰象參加，果然是真的，沒想到這個陣勢真的很壯觀。」

「真是奇怪呀，特里克不是在伊庇魯斯的軍隊當軍官嗎？怎麼當上了這支巨象戰隊的指揮官了？你們看，這些大象全是由他指揮呀。」我疑惑地説，「這些大象難道是他帶着穿越過來的嗎？顯然不可能呀。」

「出發了，他們出發了。」張琳忽然説道。

只見特里克騎在了一匹馬上，他發出口令，士兵牽着體形最大的大象，大象的身體兩側寫着代表「一」字的希臘字母。這隻大象向塔蘭托城方向行進，其餘大象整整齊齊地跟在後面。大象向前走的步伐，踩在地面上，震動了四周，人羣也爆發出一陣驚呼聲。

「跟上他們。」在人們的喧囂中，我轉頭對張琳和西恩説。

我們繞過人羣，和象羣保持着二百米的距離，跟在他們側面。象羣的後面，跟着最少一千名士兵。

象羣走在大路上，一路上的行人全都停下腳步觀看。前往塔蘭托城的上萬士兵都走這條路，沒怎麼引起行人關注，但是象羣就不一樣了，有很多人站在路邊大呼小叫。

走了不到半個小時，象羣來到一座營盤旁，營盤裏空蕩蕩的，只有門口站着幾個士兵。在一名塔蘭托城士兵引導下，象羣走進了營盤，這座營盤的四周都是高大的木柵欄，四角還有豎立起來的高高的瞭望塔。

透過木柵欄的縫隙，我們看到大象進入營盤後，全都被趕進了一座大房子裏，而特里克也下了馬，走進了一間小房子，一直跟着他的四個武士，兩個跟着他進了房子，另外兩個站在了房門口，當起了衛兵。

一千個希臘士兵也進了營盤，營盤裏頓時熱鬧起來，很明顯，這裏就是特里克統領的巨象戰隊駐紮地。此時的戰場形勢是，羅馬軍隊在北面五十多公里，也在整理隊伍，準備戰鬥。我們這邊，塔蘭托城的士兵已經嚴陣以待了，增援的伊庇魯斯軍隊現在已經趕到，雙方會組成一個聯盟，伊庇魯斯的士兵較多，所以國王皮洛士將成為聯盟軍隊的統帥，引導這場戰爭，一場大戰就要爆發了。

　　「這個特里克，他住到裏面，不會就不出來了吧？」西恩有些憂心地站在營盤旁，看着裏面熱鬧的景象，「我的意思是，要是他單獨帶幾個人出來，我們應該能抓走他，可是要是一直在這麼多士兵的營盤裏……」

　　「要根據新的情況，制訂可行的抓捕方案，我現在也沒什麼頭緒。」我皺着眉，想了想，說道，「不過目前有很多我們不了解的情況，例如特里克怎麼就成為了巨象戰隊的頭目，這都要先弄清

楚。」

「還有，這些大象是從哪裏來的？希臘本身沒有大象呀。」張琳説道。

「等一下，機會來了。」我説道，我們站在營盤大門斜對面幾十米的地方，我小心地指了指營盤大門。

大門那裏，有個軍服比較華麗的人走了出來，應該是個軍官，他和大門口的衛兵説了幾句話，隨後向西走去。

我擺擺手，示意張琳和西恩跟上我，我向那個軍官追了過去。

「隊長──隊長──」我挎着那筐水果，邊追邊喊。

那個軍官站住了，他回過頭，充滿疑惑地看着我。

「你在叫我？」

「啊，是呀，隊長大人。」我連忙説。

「我不是隊長，我只是個侍衞官，小小的侍衞官。」那人説道。

「不是隊長嗎？可我覺得你是隊長呀，現在不是，未來你一定能當上隊長的。」我連忙笑了笑，開玩笑並亂猜地説，「不想當隊長的侍衞官就不是好廚師，我猜你以前當過廚師。」

「啊？這你都看出來了，我進入軍隊前就是個廚師，現在我只是個小小的侍衞官，但我以後想當隊長，戰隊的隊長可是很大的軍官。」那人頓時興奮起來，「小小年紀，很有眼光呀。」

「啊？」我倒是愣住了，我剛才最後那句話是想和他開個玩笑，緩解一下略緊張的氣氛，「好了，原來你真是個廚師，但不重要了，重要的是以後當隊長。我説未來的隊長大人，要不要買蘋果？我這裏還有梨，都很便宜。」

「我不買水果，我是出來給隊長大人買酒的，軍營裏準備了食物，沒準備酒，可我們隊長大人就

愛喝酒。」

「噢，是這樣呀。」我點了點頭，「那麼，這些水果全送給你，反正我們也賣不出去，這麼重，我們不拿回去了。」

「這……不太好吧，怎麼能白吃你們的東西呢？」那人說着就拿出來一個蘋果，咬了一口，「嗯，真不錯，這天氣越來越熱了，坐了一路的船，到了這裏還要馬上去買酒……」

「我看到你們有很多大豬，真是嚇人呀！那麼大的豬，還有那麼長的鼻子……」我指着營盤裏，說道。

「小孩，真是什麼都沒見過，那是大象，不是豬。」那人笑了起來，「不過也不怪你，你們這裏沒有大象，我們伊庇魯斯也沒有大象。」

「大象嗎？噢，聽說過，原來長這個樣子。」我恍然大悟地說，「哪裏來的大象呢？你不是說你們那邊也沒有嗎？」

「托勒密國王送來的，他那裏有大象。」那人説，「我們伊庇魯斯要聯合你們塔蘭托城，跟羅馬人打仗，很多人幫我們的，托勒密國王是其中一個，他不僅給了我們大象，還派了好幾千人幫我們打仗呢。」

「噢，明白了。」我點點頭，看看張琳和西恩，「托勒密王國在非洲的埃及，非洲可是有大象的。」

「我看牠們就像非洲象，我對動物可是有研究的。」西恩確認地説。

「喂，你們在説什麼？什麼是非洲象？」那人很詫異地看着我們。

「噢，沒什麼，我們在説大象來自哪裏……啊，我們聽説你們的隊長，他叫特里克吧？剛才圍觀的人裏有人説你們巨象戰隊的隊長叫特里克。」我連忙岔開話題，「據説特里克隊長很厲害呢。」

「我們剛從伊庇魯斯過來，特里克隊長的名聲

就傳開了？」那人似乎更驚異了，「是誰説的？是羅馬人的奸細吧？」

「哪有那麼多羅馬人的奸細，是……碼頭賣貨的人説的，這麼厲害的巨象戰隊隊長，名聲當然傳得快，我們這種小商販的名字才沒有人去傳呢。」我很是沉穩地説。

「好像也是。」那人點點頭，「我叫萊特，我是隊長大人的侍衞官，我的名字也沒人知道。」

「萊特，你是未來的隊長，我們現在知道你的名字了。」我很是誇讚地説，「你們的特里克為什麼能當隊長呀？巨象戰隊是很厲害的隊伍呢。」

「説起這個特里克隊長呀，也不知道是從哪裏來的，好像才來伊庇魯斯半年。不過，他很厲害，他剛進來是個標槍兵，一般士兵投擲標槍也就一百多步，他能投擲二百多步呢。他格鬥也厲害，十個人都打不過他一個，所以就當標槍戰隊的隊長了。後來托勒密國王送來大象，原本的巨象戰隊隊長是

托勒密王國的人，不小心摔傷了，沒人管得了那些大象，大象撞傷了我們十幾個人呢。結果特里克隊長很快就馴服了大象，我們皮洛士國王很高興，就讓他當了巨象戰隊的隊長。」萊特眉飛色舞地説。「這可是國王最看重的戰隊，有四個大力士保護特里克隊長，就是怕羅馬人的奸細刺殺他，一般隊長只有兩個大力士當保鏢。」

「噢，明白了。」我點着頭説，「太好了，我們塔蘭托城有這樣的人來保衛，羅馬人打不進來啦，真是太好了……不過，特里克怎麼能馴服大象呢？」

「這可是他的秘密，他自己進到大象住的象舍裏，大象後來就被馴服了。」萊特説，「他不讓我們進去。」

「噢，很神秘。」我又點點頭，「明白了……有這個巨象戰隊和這麼厲害的隊長，真好。」

「沒錯，真是太好了。」西恩説着把手伸到筐

裏，拿了一個梨，吃了起來。

「嗯，不是都送給我了嗎？」萊特皺着眉，瞪着西恩。

「噢，我說萊特隊長，你不是要去買酒嗎？」我在一邊提醒地說。

「啊，回去晚了要被罵，不和你們說了。」萊特提着那個筐匆匆走了。

我們快速離開了營盤的門口，來到附近一座房子旁，我回頭看了看遠處的營盤。

「都明白了吧？特里克穿越到伊庇魯斯，依靠自身的超能力，當上了軍官，隨後依舊利用超能力，馴服了大象，當上了重要戰隊的隊長，然後跟着那個皮洛士國王一起到了這裏，要和羅馬人打仗。」我總結地說道。

「利用超能力馴服大象？我們也有超能力，可是沒有馴服動物這一項能力。」西恩說，「特里克好像是馬戲團的馴獸師一樣。」

「具體怎麼馴服大象，我們確實不知道，但是他現在是伊庇魯斯和塔蘭托聯盟軍隊最重要的巨象戰隊的隊長，有重兵保護。」我的語氣有些沉重，「所以抓他會很困難。」

「那也要行動，我們必須完成這個任務。」張琳很有力量地說，「絕對不能讓他逍遙法外。」

「我知道。」我想了想，「我看不用等特里克出來了，他即使走出這個營盤，也是有重兵守衛的。不如我們夜裏潛進這個營盤，貼近他，有機會就動手，把他抓回去。」

「好的，簡單粗暴的辦法，不像是凱文你想出來的，但是我覺得很實用。」西恩有些激動地說，也不知道他是讚揚這個辦法，還是帶一些嘲諷。

「可是我們不知道特里克具體住在哪裏呀，這個營盤很大，特里克剛才進去的房子不一定就是他要住的。」張琳有些不安地說，「要是晚上我們進到裏面，一間間的找，那可不知道要找到什麼時

候，萬一驚動了衛兵，不好脫身。」

　　「這個……」我先是頓了頓，「我們在外面觀察，萊特去給特里克買酒，他回來後進去哪間房子，特里克一定就在那裏。」

　　「嗯，這個倒真像是凱文你想的辦法。」西恩誇讚地說。

CHAPTER 3

不聽話的大象

　　我們躲在了營盤對面的一所房子後，不一會，萊特回來了。他左手挎着我們給他的那個筐，右手提着一個罐子，裏面應該是買來的酒。萊特進到了營盤裏，徑直走向特里克不久前進入的那所房子，現在我們可以確認了，這裏就是特里克住的地方。

　　確認過後，我們去了塔蘭托城，買了幾塊黑色的布，還有剪刀和針線等工具，在城外找了一個小樹林。我和西恩輔助張琳裁剪，我們做了三套黑色的夜行衣。這麼大的一個營盤，上千的士兵，我們一定要謹慎行事，有了夜行衣的掩護，我們的行動就更加自如。

　　夜幕很快就降臨了，我們再次來到了巨象戰隊所在的營盤，我們守在營盤大門對面的一所房子

後，這裏距離城區較遠，街道上沒什麼人。夜幕降臨後，營盤裏面的一所所房子前，有士兵掛起了火把照亮四周，營盤一直很熱鬧，走動的人也很多，入夜後也一樣。我看了看時間，大概十點多，火把被熄滅取走了，裏面的喧囂聲漸漸平息下來。

我從房子後伸頭向營盤裏面看了看，點點頭。

「差不多了，我們行動吧。」

我們三個從房子後走出來，沿着街道小心地前進。我們不僅穿着夜行衣，還把臉用布蒙上，只露出兩隻眼睛。此時只有微弱的月光照射大地，我們在大門旁二百多米外的地方停下，對面就是伊庇魯斯軍隊的營盤柵欄了。我們左手邊是大門，右手邊再走二百米，就是一座塔樓，上面有士兵把守，不過我們看不見那個士兵，估計已經睡着了。

我揮揮手，三個人對着柵欄飛速跑過去，距離柵欄兩米，我們來一個加速，縱身翻上了柵欄，隨後落地，我們進到了營盤裏。

我們三個緊緊地靠着柵欄，大門和塔樓的士兵都沒有發現我們。遠處的營盤深處，一座座的房子一排排地挨着，士兵們都住在裏面。

　　我們向房子跑了過去，營盤裏沒有一個士兵走動。我們很快就來到最前面的一所房子旁的一棵樹後，特里克就住在十米外的房子裏。

　　和其他房子不一樣，這所房子前有兩個衞兵靠牆站着，但都在打瞌睡。

　　我指了指房子側面，那裏有幾扇窗戶，透射出一些燈光，裏面的人應該還沒有睡覺。張琳和西恩明白了我的意思，我們一起跑了過去，來到了窗戶旁。窗戶有些高，距離地面有兩米，在第一個窗戶邊，西恩蹲在地上，讓張琳踩在他的肩膀上，之後便站了起來，我則在一邊警戒着。

　　由於天氣比較熱，所有的窗戶都是半開着的。西恩站起來後，張琳小心地看着房間裏面。隨後，張琳拍拍西恩的頭，西恩連忙蹲了下來。

張琳從西恩的肩膀跳下來，我也連忙走了過來。

　　「這間屋子，有兩個士兵，就是保護特里克的大力士，正在喝酒呢。」張琳說道。

　　「門口站着的兩個也是保護特里克的大力士，裏面有兩個，一共四個。」我想了想，小聲說，隨後指了指第二扇窗戶，「特里克應該在這間屋子裏。」

　　西恩和張琳都認同我的推斷，不過具體要看過才知道。西恩走到第二扇窗戶下，蹲下，這次我要親自去看看特里克是否在房間裏。

　　我踩在西恩的肩膀上，西恩慢慢地站了起來，這次張琳在一邊警戒着。

　　我扒着窗沿，慢慢地探頭，房間裏點着一枝蠟燭，特里克得意地靠在一張大椅子上，面前有一張圓桌，上面擺滿了酒菜。

　　我很確定，這就是特里克，我覺得時機也不

錯，房間裏只有他一個，我們可以從窗戶翻進去，應該很快就能控制住他，然後再把他從窗戶弄出來。我們不用出營盤，只要在這裏找個空地立即實施穿越，就能把特里克帶回去。

我正想着快速地翻進窗戶，這時，特里克房間的門被推開了，那個萊特匆匆地走了進來。

「報告隊長，九號大象又不聽話了，牠撞欄杆，還用鼻子甩人，一個弟兄被牠甩傷了。」萊特一進門，就大呼小叫。

「什麼？」特里克放下了酒杯，「我馬上去看看。」

特里克説着站了起來，跟着萊特向外走去。

我連忙拍拍西恩的頭，西恩蹲了下去，我從他肩膀上跳下來。

「特里克去象舍了，我們跟過去，看看有沒有機會。」我小聲對西恩和張琳説。

我們來到房子轉角，順着微弱的月光，看到特

里克和萊特已經向象舍走去，那四個大力士都跟在特里克身後。

我們小心地跟上。特里克來到象舍後，沒有直接進去，而是轉頭看着萊特和四個大力士。

「你們不要跟進去，我自己進去就好。」特里克說，「另外，千萬不能讓托勒密王國那幾個隨隊的飼養師進去。」

萊特和四個大力士連連點頭，他們守了在象舍門口。我們先是躲在一架馬車後，看到特里克進去，我們隱蔽地繞到了象舍的側面。

象舍的窗戶也很高，我踩着西恩的肩膀，扒住了一扇窗戶的下沿，我伸頭向裏面看去。裏面有一個一個隔欄，每個隔欄裏都有一隻大象，大象那粗壯的喘氣聲此起彼伏。

「咣——咣——」一隻大象撞擊欄杆的聲音傳來。我看過去，發現一隻大象像是想要逃出隔欄，用頭猛烈地撞擊欄杆門，欄杆門的每條欄杆都有

二十厘米粗，一震一震的，像是要被撞開一樣。大象的身體兩側，寫着代表「九」字的希臘字母。

兩個士兵用長木棒推那隻大象，試圖讓牠安靜下來，但是根本沒有用。特里克走進來，站了在兩個士兵身後。

「你們兩個，出去。」特里克命令地説。

「隊長，我們的國王陛下讓我們隨時守在大象身邊，這是我們的職責。」一個士兵説。

「你們那個隊長已經回國養傷了，現在我是巨象戰隊的隊長，你們要聽我的命令，不聽話就滾回你們托勒密王國去。」特里克氣勢洶洶地説，他手指着大門，「我再説一次，出去。」

兩個士兵很是無奈地走了。特里克看到大門關上，笑了笑，隨後看着那隻大象。

我盤算着怎麼進去抓住特里克，而不驚動外面那些人。這時，特里克拿起一根木棒，跳進了隔欄裏。

「不服管對不對？」特里克大叫着，説着就用木棒打向那隻大象。

大象似乎有些恐懼，牠後退一步，用鼻子甩過來，打到了特里克。要是一般人，早就被打倒在地了，但是特里克原地未動，看到大象用鼻子甩他，特里克顯得非常生氣。

「竟敢還手——」

特里克大叫着，大象的身體後退到了角落，無法再退了。特里克接連打了幾下，突然，他把木棒掰斷，木棒一端很是尖鋭，特里克罵着就把它扎向大象，木棒插在了大象身上，大象慘叫一聲。

「啊——」看到特里克在虐待動物，我不禁叫出聲來。

「誰在那裏——」特里克聽到聲音，驚叫起來。

剛才我的驚叫聲有點大，也驚動了門口那些人。萊特、四個大力士，還有兩個象舍的士兵，全

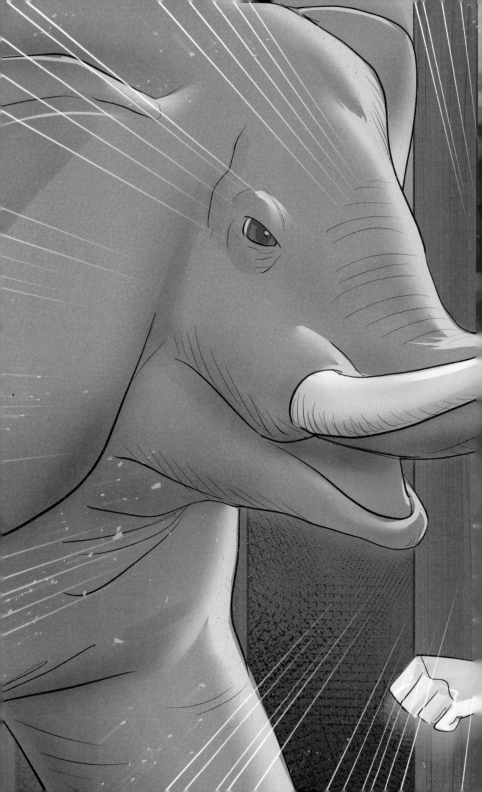

都轉了過來，我慌忙從西恩身上跳下來，那些人一起衝了過來。

「羅馬人的奸細——」萊特指着我們，大聲喊道。

那些人對着我們就撲了過來，其中一個大力士的速度很快，幾下就衝到了我的面前，伸手就來抓我。我用拳頭一擋，大力士的力氣果然很大，我用力才把他的手撥開。而他沒有繼續撲過來，而是順手把腰間的短劍拔了出來。

張琳和西恩則和另外幾個人打在一起，不遠處的軍營裏，有人聽到了喊聲，也衝了出來。

特里克還在象舍裏，此時根本就無法抓他，周圍撲上來的人越來越多，我們的任務不是來和這些希臘軍隊交戰的。

「撤——」我對張琳和西恩喊了一聲。

CHAPTER 4

營救計劃

我們三個轉身就向柵欄那裏跑去，有兩個士兵跑出來攔住了我們的去路，我和張琳一人對付一個，兩下就打倒了那兩個士兵。西恩在最後，萊特和大力士等大呼小叫地追了上來。

「防禦弧——」西恩指着地面，喊了一聲。

一道明亮的弧光出現在地面上，那羣追來的人隨即就撞擊到弧光上，弧光突然炸開，那羣人就像是觸電一樣，紛紛倒地。後面跟上的人被倒地的人撞倒，一大片人倒在了地上。

我們飛奔上了柵欄，隨後翻越下去。我們的身後，有好幾枝箭射來，木柵欄反倒起了盾牌的作用，幫我們擋住了那幾枝箭。我們越過營盤旁的那條路，向前面飛奔，很快，身後的喊聲就聽不見

了，我們向前跑了最少有五公里，鑽進了一片樹林。

我招呼大家停下來，我們已經擺脱了追趕。我們扶着樹，大口地喘氣。

「他們、他們以為我們是羅馬人的刺客呢。」我説，「現在好了，我們先休息一會。」

「剛才、剛才你突然喊什麼呀？就是在象舍旁邊的時候，你看到什麼了嗎？」西恩問道。

「我看到特里克在虐待動物⋯⋯我們的任務升級了，我們不僅僅是要把特里克抓回去。」我緩緩地説，「還要解救這五十隻大象。」

張琳和西恩都詫異地看着我，我則擺了擺手。

「是這樣的，我現在明白為什麼特里克能馴服那些大象了，很簡單，就是用暴力手段。他是一個超能力者，完全能單獨對付一隻大象，所以他就用非常殘暴的方式制服大象。剛才我看到他把一節尖木棍扎進一隻大象的身體裏，所以我忍不住叫了一

聲，是我不好，一時忘記了所處的環境和我們的任務，我不應該出聲的。」我的確很自責，我驚動了那些士兵，暴露了我們的行動。

「這個又是很難免……」張琳的語氣很沉重，「你說特里克虐待大象？」

「是的。」我點點頭，「我也知道為什麼特里克不讓手下跟進去，特別不讓托勒密王國的大象飼養師進入象舍，就連裏面兩個托勒密王國的士兵也被他趕出象舍了。巨象戰隊是托勒密國王派給希臘軍隊助戰的，並不屬於希臘軍隊自己。而受傷的人僅僅是托勒密巨象戰隊原本的隊長，他回去了，但飼養師、守護象羣的士兵都還在。如果他們看到特里克虐待大象，肯定不會答應助戰。」

「明白了，所以特里克所謂的馴服大象，都是單獨進行。」張琳也點着頭說。

「這些大象，落在特里克手裏，就受罪了。今天我看到他的手段，但更多的是我沒看到的，這就

是典型的虐待呀。」我很是沉重地說，「接下來，我們要抓捕特里克回去，雖然一定很難，但我們有信心完成任務。抓走了特里克，巨象戰隊的管理應該重新回到托勒密人那裏，似乎也就沒有人虐待大象了。但是，你們想過沒有？更加危險和慘重的事情，還在後面呢。這些大象都是戰象，是用來打仗的。在今後的戰爭中，羅馬人要用槍扎牠們，要用箭射牠們，要用投石機砸牠們，牠們會一隻隻地受傷、死去。這種打擊，遠甚於特里克的虐待，所以我想⋯⋯我們要解救這支巨象戰隊。」

「解救巨象戰隊？」西恩先是愣了一下，不過隨即露出笑容，「太好了，是要解救，不過⋯⋯怎麼救？」

「凱文，我會跟你一起解救巨象戰隊，但是怎麼救？還有更重要的，這樣做是否會違背穿越法則？已經發生的歷史，哪怕再殘酷，都是已經發生過的了，我們無權也無法去改變。」張琳心事重重

地問。

「具體怎麼救，我還要想一想。」我很是堅決地看着張琳和西恩，「至於是否違背穿越法則，我想過了，來之前我查閱過這段歷史，這場戰役乃至後來希臘皮洛士國王指揮的戰役，巨象戰隊並不是決定勝負的最主要因素。羅馬人沒有看過這種巨大的動物參戰，巨象戰隊更多的是發揮威懾作用。赫拉克利亞戰役中，羅馬人總共投入將近五萬人的兵力，他們擁有重裝騎兵、鎧甲兵、拋石戰隊等強大戰隊，區區五十隻大象，還達不到擊潰他們的能力。而事實上，希臘聯盟一方這次勝利了，所以解救巨象戰隊，應該對已經發生的歷史不產生什麼影響。倘若真的違背穿越法則，我們解救巨象戰隊的時候，會被拋出去，但是我想我們應該冒這個險。」

西恩和張琳聽完我的話，全都不假思索地同意，他們甚至有些興奮，因為我們的計劃臨時增加

了內容，我們要去解救那些大象。

「凱文，我一直喜歡各種動物，尤其是大象。」西恩眉飛色舞地説，「我小時候就有一個夢想，只要大學畢業了，就去動物園當動物……」

「什麼？」我和張琳大吃一驚。

「啊，説錯了，是去養動物，我想去動物園工作，養動物。」西恩連忙説。

「好，明白了。」我笑着説，「現在大家都同意新的計劃，那麼就看怎麼實施了。現在，他們應該都以為我們是羅馬人派出來的刺客。」

我們決定在樹林裏休息一晚，明天早上，還要潛伏到巨象戰隊所在營盤那裏，找一找機會，看看怎麼解救那些大象。

第二天一早，我們三個換上了當地人的服裝，向巨象戰隊所在的營盤走去，我們要去找機會——抓住特里克的機會和解救大象的機會。我們昨天都穿着夜行衣，而且晚上天也黑，根本不可能有人認

得我們，所以我們這次去營盤那裏，並沒有化裝。另外，西恩昨天撤離的時候，使用了防禦弧戰術，當時特里克還在房子裏沒出來，只有他才能識別出這個超能力者使用的招數，但是他當時不在，所以他應該不知道特種警察來抓他。

我們都很平靜，很快就來到了營盤正門對着的房子的後方，我看看張琳和西恩，相互點點頭，我第一個走上了營盤前的那條路。

路上行人不多，我們沿着營盤柵欄前進，眼睛不時向裏面看。很明顯，由於昨夜發生的事件，這個營盤增強了保衞。大門口站了五個士兵，每個瞭望塔上，都有三個士兵站着向外觀察，營盤裏還有來回走動的巡邏隊。

營盤裏的士兵當然看到了我們，但是他們都沒有在意我們這三個孩子，我們和當地的孩子一樣，不過就是從這裏路過。

我們繞着營盤走了一整圈，大概看清了裏面的

布局。此時已經是上午了，營盤裏漸漸熱鬧起來，不少士兵在裏面走動，不過我們沒有看見特里克。

我們又來到大門口，不過不敢在那裏停留，所以來到了對面的房子後。

「裏面果然加強警戒了。」我小心地看看四周，對張琳和西恩說，「今後要是再進去，哪怕是半夜，也不會那麼順利，有可能一進去就被發現。」

「這可怎麼辦呀？而且我們現在又多了一個任務，我們還要解救那些大象。」西恩有些焦急地說。

「好像再過三天，就是希臘人和羅馬人交戰的日子，那個時候特里克一定會出來，會不會有機會呢？」張琳想了想，說道。

「哎呀，肯定不行，出來是出來，但是特里克那時候周圍全都是士兵呀，還有巨象戰隊。這個營盤裏的一千個士兵，就是維護這個巨象戰隊。雖

然我們有超能力，但就三個人，怎麼對付這麼多士
兵？」西恩很快就否定了張琳的建議。

「好像……也是。」張琳看看西恩，「你這笨
腦子還沒有笨到底呀。」

「我什麼時候笨？只不過有凱文這個策劃大
師，我就不用想了，太費腦子。」西恩有些不滿地
説。

「反正要快點想辦法，巨象戰隊一旦投入作
戰，一定出現死傷。這次希臘人慘勝，傷亡非常
大。」張琳焦慮地説。

「是呀，時間無多……」我也有些着急了。

突然，營盤大門口那邊，一陣「轟、轟」聲傳
來，那裏很是沸騰，我們三個一驚。

「羅馬人打過來了嗎？」西恩問道，「不會
吧，歷史記載大戰發生在三天後呀。」

CHAPTER 5

喝水

　　我立即走到房子側面，探出頭看向營盤大門，只見幾十隻大象被驅趕着走出了大門，那聲響就是象羣一起踩在地上所發出的。大象隊伍的最前面，有一個士兵牽着體形最大的那隻。大象隊伍後面，跟着一百多個手持武器的士兵。有些大象背上，還騎着士兵。我們發現，這些士兵的衣服有兩種，黃綠色衣服的人少，應該是托勒密王國那些跟着巨象戰隊來參戰的士兵，這些士兵負責照顧大象的飲食，而啡紅色衣服的士兵，則是希臘伊庇魯斯的士兵。牽引那隻體形最大的頭象的士兵，就是一個托勒密王國的士兵。

　　「這是要去參戰嗎？」西恩緊張地問。

　　「不太像，要是參戰一定傾巢出動，現在只出

來了一百多個士兵。」我搖了搖頭。

巨象戰隊的出動，立即吸引了路人，原本趕路的那些人立即全都聚過來看熱鬧。看到這種情況，我立即揮揮手。

「走，過去看看。」

我們三個來到了大門口那裏，巨象戰隊已經全部走了出來，沿着路向西走去，不僅那些士兵跟在後面，很多行人也都跟着走，還一路指手畫腳，很是興奮。

我們正要跟上去，大門外，萊特手裏拿着一根棍子，懶洋洋地最後一個走出大門。

「嗨，萊特隊長，未來的隊長。」我連忙喊道。我知道，昨天夜裏我們潛入營盤的時候，只露出兩隻眼睛，萊特不可能認出我們。

「嗯？是你們？又給我送水果來了？」萊特問道，並且停下了腳步。

「這次沒帶，下次一定送。」我笑着説，「啊

呀，看你的臉色不好呀，沒睡好？」

「對，對。」萊特晃着頭説，「昨晚羅馬人派來三個小矮人刺客，來刺殺特里克隊長，鬧騰了大半夜，最後還是跑了。我連覺都沒睡好，剛起來又被叫着去監督大象喝水……」

「大象喝水？」張琳一臉詫異，「喝水還要監督？」

「是去外面喝水，去河裏喝水。」萊特揮着手裏的木棍，指着前面，「這五十隻大象，每隻一次能喝三大桶水，要是派人去河裏挑水來，不僅累，還要花費很長時間，特里克隊長乾脆就讓人把大象直接拉到前面那條河去喝水。我要去監督，大象不能跑丟，喝完水就回來，不能在外面多待。」

「噢，明白了。」我們一起點着頭。

「我要去了。」看到大象走遠，萊特説着追趕過去。

我們也連忙跟上，現在我們是有好奇心的塔蘭

托城居民，和那些追着看大象的人一樣，沒人在意我們。

　　大象被帶到五百多米外，看到河裏的水，牠們一起衝到河邊，有十幾隻乾脆衝到河裏。天氣比較熱，大象似乎渴壞了，牠們用長鼻子吸水，每一隻都是如飢似渴的。

　　圍觀的人都興奮地看着喝水的大象，不少人從四面趕來，看着難得一見的景象。這條河寬大概五十米，和道路是平行的，河的那一邊，沒有住戶，而是一大片樹林。

　　「我們現在就去營救這些大象？不過好像很難呀。」張琳走近我，小聲地問道，「我數了一下，有一百多個士兵跟來了。」

　　「不僅僅是那些士兵的問題。」我說着看了看，那一百多個士兵在大象周邊形成了一個保護圈，不讓那些看熱鬧的人靠近大象，「就算我們救下象羣，但之後去哪裏、怎麼去，全都是問題。」

河邊，大象用長鼻子吸水，再送進口中，喝了很長時間。有些大象喝好了水，直接下到河裏，開始和同伴嬉戲打鬧了。我看到了一直站在岸邊的九號大象，牠身體上的傷口還很明顯，不過已經結痂。牠很是憂鬱地看着河水中的伙伴，不敢下水。

「都喝得差不多了，那我們就回去吧。」萊特揮着手中的棍子，對那個牽引頭象的士兵説。

牽引頭象的那個士兵走下河，那隻頭象站在河裏，甩着鼻子戲水，士兵拉起繩子，把頭象拉上岸。

「走啦——回去啦——」牽引頭象的士兵喊道，説給其他士兵聽，也説給大象聽。

幾十個士兵有的跳下水去拉每隻大象都有的繩子，這種繩子的一端是直接綁在大象脖子上的。有的士兵則用手中的槍桿敲打岸邊的大象。

大象羣很是馴服，很快就在岸邊集合，並跟着頭象回頭走去。這次，萊特爬上了一隻大象的後

背，騎着大象回去了。

我一直看着那隻頭象，其他大象全都跟着牠，牽引牠的士兵只要引導牠前進，其餘的大象就完全跟着。頭象剛才從我眼前經過，我近距離觀察，看到牠的身上也有好幾塊傷疤，我心裏一驚，我想這應該也是特里克造成的。

圍觀的人，包括我們，跟着象羣走回去了營盤門口，看到大象全都走進營盤，人們才漸漸散去。

我把張琳和西恩又拉到營盤對面的那所房子後方，我很是堅定地看着他們。

「我大概有個辦法了，先營救這些大象，再把特里克抓回去。我們先要去勘查一下地形……」

「什麼辦法？什麼辦法？」西恩激動地喊了起來，「你快説……」

「凱文不正在説嗎？」張琳不客氣地打斷西恩，隨後看着我。

「大象每天都要喝水，所以明天還會出來喝

水，我們就是要抓住這個時機，想辦法引開那些士兵，然後帶着大象過河，向原始森林跑。現在是西元前，意大利境內有很多大片的原始森林，只要大象跑進去，再把牠們找出來就難了。當年，人類進入原始森林會迷路，會面臨很多危險，所以人類基本不進入。」我語速飛快地説，「你們看到了嗎？過了河就是一大片樹林，如果象羣跑得夠快，穿過那片樹林，我們就能引導牠們去原始森林，但是我們不知道這附近有沒有原始森林，以及前往的路徑。」

「這個辦法好呀，不過……就算我們找到森林，可怎麼能控制那些大象呀？牠們應該不會聽我們的。」張琳擔心地問。

「控制住那隻頭象就可以了，其他大象全聽牠的。」我很有信心地説，「我仔細觀察過了，只要拉着頭象過河，別的大象就會跟上來。」

「嗯，好像是，那隻大象有領頭效應。」張琳

連忙點着頭。

「走了，我們去看地形。如果只在這裏説，不會找到去原始森林的路。」西恩有些焦急地催促道。

我們來到剛才大象喝水的地方，我預計明天大象還會來這個地方。我們從那裏游過了河，上岸之後，我們就進入到一大片樹林裏，這片樹林似乎看不到盡頭。

我在一棵樹下停下，開始用萬能手錶呼叫總部。我請總部傳遞過來一張此時此地的地圖，我要根據這張地圖，找到原始森林和前往路線。我們所在的這裏，只能説是一片樹林，樹木並不粗壯，間隙也大，明顯不是原始森林。這裏緊靠着城市，也不可能有原始森林。

總部很快就傳送來了利用現代技術和歷史資料推演出來的當時的地圖。我們所在的樹林就在塔蘭托的南部，我們發現，向西走十幾公里，進入內陸

地區，就有一個拉迪諾大森林，這就是原始森林。現在這裏是拉迪諾鎮，拉迪諾大森林這個名字，是現代根據後來的這個拉迪諾鎮來命名的。

我們開始向樹林的西面進發，走了足足有三公里，終於走出了樹林。我們面前出現了一片灌木草叢，周圍根本沒有任何人家或者人類活動的痕跡。

「當時的人都是沿着海岸居住，這樣能捕捉魚類，而且海岸沿線城市可以利用船作為交通工具，這樣更方便。內陸地區有大型猛獸，對他們來說是有風險的。」我看着眼前的荒原，分析地説。

「再向前十公里就到達那個拉迪諾森林了。」張琳站在我身邊，説道，「地圖顯示那是一片幾千平方公里的原始森林，象羣要是跑進去，希臘人一定不敢進去找。」

「出發，去找那片森林。」我説着指了指前面。

CHAPTER 6

原始森林

　　我們再次出發，踏進了灌木叢中，這片灌木頓時淹沒了我們，有些灌木足足有一米多高，走進去根本就看不見前面的景象，我們倚靠着總部傳送過來的地圖，一步一步地用腳探着路。

　　走了五公里，我們終於走出了灌木草叢，前面又出現了一條河，不過河水不寬，我們很快就游了過去。游過河，又是一片樹林，走出樹林，前面的視野開闊起來。我們看到了遠處的山峯，還有一片一眼望不到邊際的連綿的森林，那裏就是拉迪諾大森林了。

　　再向前的路好走了很多，這裏有稀鬆的樹林、低矮的草叢，不過草叢裏有一些石塊。我們很快就來到了拉迪諾大森林的邊緣。

再向前走，樹木逐漸增多起來，隨後，一棵棵的參天大樹拔地而起，有些從大樹上垂下來的藤蔓就有十多米長。

「確認了，可以了。」我擺了擺手，示意停下來，「這麼茂密的原始森林，象羣完全能夠自在、不受干擾地生存下去。」

「地圖上看，即使出了這片森林，向東、向南都有其他的原始森林，向東的那個更大。」

「希臘人不會進到這裏找大象的，只要我們能夠把牠們都帶進來。」我若有所思地說道，「明天，就看我們了。」

我們轉身返回，一路上，我們把一些樹枝豎立起來，這將是我們帶領象羣去拉迪諾森林的標誌物，這是我們的準備，我們也擔心會在實戰的情況下迷路。

回到塔蘭托南邊的時候，已經是傍晚了。我們找了當地的一家小旅館住下，研究具體的行動方案

一直到半夜。

第二天一早，我們出了旅館。我們完全準備好了，來到巨象戰隊所在營盤對面的房子後方，開始耐心地等待。

早上十點多，營盤大門那裏轟隆隆的聲音再次傳來，我在房子側邊探出頭，看到象羣被驅趕着走了出來，頭象依舊被牽引着走在第一個，象羣一起向那條河走去。萊特坐在一隻大象的背上，得意洋洋地指揮着。

我看看西恩，西恩點點頭，繞過房子，飛奔走了。我和張琳則假裝看熱鬧，從房子後方出來，和一些真正的圍觀者一樣，跟上了象羣。

象羣來到河邊，頭象第一個衝到河裏，十幾隻大象跟了下去，其餘的大象站在岸邊，開始喝水。這次和昨天一樣，跟出來了一百多個士兵，他們全都站立在岸邊，維持着秩序，不讓圍觀的人靠近大象。

我和張琳站在人羣中。我不時向不遠處的一片樹林看去，張琳則看了看手錶，我們約定開始行動的時間是十一點正。

　　河邊一片沸騰，熱鬧的景象吸引着眾人，一些喝好水的大象開始了嬉戲打鬧，也有幾隻安靜地站在岸邊，牠們是幾頭年紀大的大象，似乎對年輕大象的打鬧很是不屑。

　　「轟──轟──轟──」樹林那邊，突然傳來陣陣巨響，這聲音驚呆了現場所有的人，大家都向樹林那邊看去，不知道發生了什麼事。

　　不到一分鐘，西恩慌張地從樹林裏跑了出來，他面露驚恐，飛快地跑到我們這邊。

　　「羅馬人──羅馬人打過來了──有一百多人呢──」西恩指着樹林，高聲喊道。

　　只有我們知道，那「轟轟」的巨響，是西恩按照約定，在樹林裏釋放出防禦弧並觸碰防禦弧，從而發出的巨大響聲。

「羅馬人來了？一百多人？」萊特從岸邊跑過來，他是這些出來的士兵中的指揮官，他看着西恩，「只得一百多人就敢打過來，是羅馬人的偵察隊吧？」

「我也不知道，他們都拿着長槍，要殺了我呢！」西恩滿臉驚恐地說。

「托勒密王國的士兵留下看着大象，伊庇魯斯的士兵跟我來──」萊特抽出了腰間的寶劍，「一百多人就敢來，我們也有一百多人呢，打敗他們，我們立功──」

萊特的寶劍一揮，向樹林那邊衝去，一百個左右的士兵跟着他衝了過去。現場，只留下了十幾個托勒密王國的士兵。圍觀的人聽說羅馬人打過來，早就跑散了。

我幾步就衝下了河，跑到頭象身邊，一把就抓住了拴着大象的繩子，把牠往那邊拉。

「喂──你幹什麼──」那個一直牽引着頭象

的托勒密王國的士兵大喊起來。

我拉着繩子，開始向河岸對面游，那隻頭象很是馴服地跟着我，牠很高大，不用游泳，只是在河中走着。

「走啦——走啦——」張琳手裏拿着萊特扔掉的木棍，揮舞着，指揮其餘的大象跟上頭象。

「喂——你——」牽大象的士兵縱身跳進河裏，向我游來。

那人游到我的身邊，開始搶我的繩子。我把他推開，河水並不是很高，那人站在了河裏，水漫過他的胸口。

「特里克虐待大象，你不知道嗎？你看看這隻大象身上的傷疤，我現在要把這些大象送到一個安全的地方去。」我個子比那人矮，不能在水中行走，只能邊游邊説。

「我……」那人聽到我的話，猶豫了，他站在那裏，不動了。

岸邊，幾個托勒密王國的士兵去阻攔張琳，西恩走過去，告訴他們要把大象送到安全的地方去。幾個士兵頓時站在那裏，不動了，但是也有兩個士兵依舊去阻攔張琳，並且和西恩打了起來，不過幾下就被西恩打倒在地。

二、三十頭大象下到水裏，跟着頭象向對面的河岸走去。

張琳和西恩一隻一隻地去推還站在岸邊的大象，讓牠們跟上頭象，但是這些大傢伙可真難推動，有一隻還用長鼻子去甩西恩，差點把他甩到地上。

我游到了對面的河岸上，我上了河岸，用力拉着頭象的繩子，頭象跟着就上了岸，牠身後的那些大象也一起跟來。

這時，在我身後的河岸邊，張琳和西恩還在推另外的大象。一羣人手持刀槍突然來到，為首的正是特里克。

「喂——你們幹什麼——怎麼搶我們的大象——」特里克看到大象被張琳和西恩推下岸，很是驚異，他也看見我拉着頭象，已經在對面的河岸上了。

幾個士兵衝上來，直接用手中的長槍刺向張琳和西恩，他倆連忙躲閃。張琳順勢抓過一枝長槍，一拳就打倒了那個持槍的士兵；西恩也打倒了一個士兵，他用那個士兵的長槍和另外兩個士兵打了起來。

特里克的四個大力士也撲了上來，四個大力士每人都使用一柄大錘，舞動起來虎虎生風，一個大力士用大錘砸向西恩，西恩用槍去擋，他的槍差點飛出來，大力士的力氣太大了。

「西恩——張琳——」我站在岸邊，看着對面，急得大喊，「快撤——」

我們事先有過約定，營救大象的時候，如果特里克在場，我們就不能使用超能力，因為這樣會

被特里克立即發現，從而知道我們是特種警察，這樣他就有可能再度穿越潛逃。所以，此時對抗大力士，我們都不能展現超能力。這個時候，特里克身邊全是他的士兵，我們很難又抓走特里克，又營救大象。

張琳和西恩虛晃着用槍刺向大力士，趁大力士躲閃的時候，兩人轉身跳進河水中，向我這邊游來。

張琳和西恩游泳速度極快，很快就游到我這邊。他們的身後，大力士帶着那些伊庇魯斯的士兵，也全都下到河裏，追了過來。

「還有一些大象沒跟過來。」張琳爬上岸，焦急地説。

「先救一些，在這裏糾纏下去，一隻都救不了！」我看着河岸對面，大批的伊庇魯斯士兵趕了過來。

我拉起頭象，用力地拍打牠的身子，手指着樹

林。

「快跑——快跑——虐待你們的人追上來
了——」

頭象很是通人意，牠也看到了跨過河追上來的
那些士兵，西恩和張琳用岸邊的石頭砸向衝在最前
面的四個大力士。頭象奔跑起來，我飛身爬到頭象
的背上，招呼張琳和西恩趕快撤離。

頭象奔跑起來後，其餘的大象，我目測有三十
隻左右，一起跟着跑了起來。張琳和西恩各自也
爬到一隻大象的後背上，象羣開始向樹林裏狂奔起
來。張琳回頭看了一眼，河的對面，還有十幾隻大
象，河水裏，也有幾隻大象，此時顧不了那些大象
了，否則一隻都跑不出去。

四個大力士先爬到了岸邊，其中兩個大力士試
圖拉住象羣中最後一隻大象，那隻大象一抬腿，一
個大力士被牠踢得橫着飛了出去。河面岸邊，十幾
個士兵開始對逃跑的象羣射箭。

我騎着頭象，跑在第一個。大象跑起來，那速度非常快，地面被踩得震動起來。我的身後，逃出來的大象都跟了上來，我看到了張琳和西恩，他們都穩穩地伏在大象的後背上。

追過河的伊庇魯斯士兵們，沒有戰馬，有些士兵跑了幾步，就停止了追趕，他們的速度根本就不可能追上大象。

我們害怕伊庇魯斯的士兵找到馬匹後追上來，我們駕馭着大象一路狂奔，很快就穿出了樹林。出了樹林後，面對一片灌木草場，頭象有些不知所措，速度一下就慢了下來。

我坐在象背上，視野很好，我看到了一根我們在昨天豎起來的樹枝，認清了方向。我拍了拍大象，指着正前方。

「快！一直向前——」

大象再次加速，奔跑起來，後面的象羣立即跟上。西恩從象背上跳下來，把那根樹枝放倒，隨後

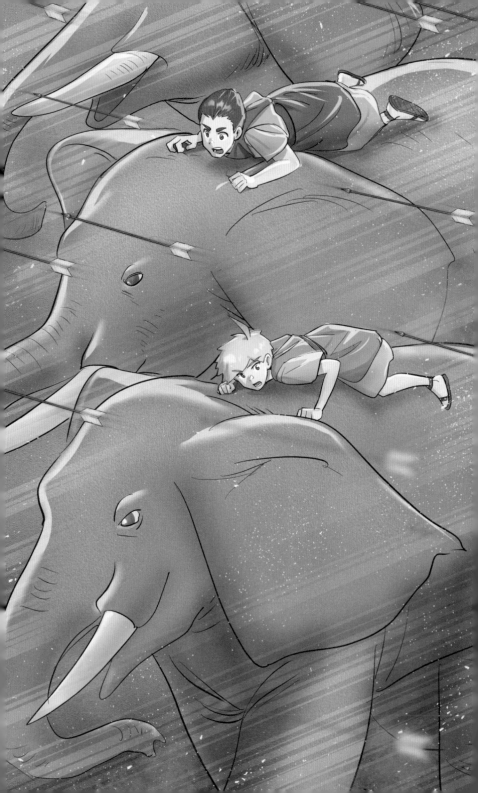

又爬到象背上。

我們一路向東，後面的追兵並沒有跟上來，跑了一半多的路程後，我的心終於放下來。不過，回頭看整個象羣，大概有三十隻，應該還有二十隻沒有救出來，我不僅歎了口氣。

很快，我們就來到了拉迪諾森林。在森林邊，我拉着頭象的繩子，讓牠停下後，我跳下來。後面的大象也停下，張琳和西恩也跳了下來。

「一共二十九隻。」張琳走到我身邊，很是遺憾地說，「還有二十一隻沒有救出來，不知道剛才那個特里克怎麼來了，還帶了那麼多人。」

「應該是有人報信，說羅馬人來了，他自然會帶人出來增援，剛好看見我們營救大象，或者是他聽到了樹林那邊的巨響，自己主動出來了解情況。」我想了想，說道。

「那巨響是我弄出來的，哎，確實騙走了萊特他們，可沒想到把特里克吸引來了。」西恩懊惱地

說，「要是他不這麼快出現，我們一定能把整個象群救出來。」

「再想辦法吧。」我說道，說着走到頭象身邊，手指着森林裏，「你們自由了，去森林裏生活吧，去吧……」

頭象看着我，忽然發出一聲長鳴，我從牠的眼睛裏，看到了感激。頭象晃着腦袋，頭忽然低下來，好像要和我說話一樣。

我摸了摸頭象的腦袋，頭象慢慢抬起頭，隨後又是一聲長鳴，邁步走進了森林。

象群跟着頭象走進森林，我們目送着牠們。很快，象群就隱沒在了森林裏。

CHAPTER 7

中了埋伏

　　我轉身，回頭走去，我們要離開這裏。

　　「我們……」張琳一邊走，一邊看着我，「另外的大象，我們也要救出來。」

　　「要救出來！」我用力點點頭，「可能會很難，特里克有防備了，但是絕對要試一試。」

　　「就算要拚，也要把大象全都救出來。」西恩說道，「剛才我近距離看了，很多隻大象身上都有傷，一定是特里克傷害的。」

　　「我們先回去，看看剩下的大象被他們帶回去了，還是轉移到別的地方了。」我看看張琳和西恩，「確定地點後，我們再想辦法。」

　　我們邊走邊說，正在穿越一片草地，草地上零星有幾棵樹。這時，不遠處有震動聲傳來。

我們立即警覺起來，全都蹲在了草叢裏，不過那震動聲越來越近了，我把頭探出去，發現一棵樹旁，一隻大象走了過來。

「是一隻掉隊的大象。」我立即站起來，向那隻大象跑過去。

張琳和西恩也都很是興奮，跟着我跑了過去。大象看到我們，停住了，不停地晃着腦袋。

我們來到大象身邊，發現牠的後背上扎着兩枝箭，後腿上也扎着一枝箭。我們立即把箭拔了下來，幸好箭射進去的位置不深，大象的皮肉也非常厚實，傷勢並不嚴重。

「牠中箭受傷，所以掉隊，但總算是跟上來了。」我用手摸着那隻大象的腦袋，説道。

「要是能多碰到幾隻就好了，現在一共救出來三十隻。」張琳有些興奮地説。

「去吧，去那邊，找你的伙伴去吧。」我説着用力拍了拍那隻大象，隨後看了看張琳和西恩，

「大象嗅覺也很靈敏，很快就能找到那些同伴。」

「嗯，牠這一路沒人帶，一定是聞着味道追過來的。」西恩説。

這時，拉迪諾森林那邊，頭象的鳴叫聲傳來，好像在召喚同伴一樣。那隻大象立即加快步伐，向拉迪諾森林跑去。

我們繼續走回去，一路上，我們非常希望再次碰到逃出來的大象，不過我們失望了，掉隊的大象只有那一隻，還有二十隻大象在特里克手中。

快到河邊那片森林的時候，我叫張琳和西恩都要小心一些，我們剛才就是騎着大象從這片森林逃出來的，這片森林靠着巨象戰隊的營盤，僅僅隔着一條河。

我們俯身穿行在灌木草叢中，馬上就要走出草叢，我看到了遠處樹林的樹梢了。

「看那邊——」張琳直立起身子，興奮地喊道。

森林邊，三隻大象悠閒地站在那裏，其中一隻把鼻子甩得很高，用力扯下一根樹枝的樹葉，往嘴裏送。

「逃出來以後迷路了——」西恩説着就向那三隻大象跑去，「又救下三隻——」

我和張琳連忙跟上，西恩衝到一隻大象身邊，用手撫摸着大象的腦袋。

我和張琳距離大象有十多米，我忽然感到有什麼不對，我停了下來。

「那一隻掉隊的大象身上都中箭了，這三隻應該還在更後面，怎麼一隻都沒有中箭？那一隻能聞着氣味追上我們，這三隻怎麼會一直待在這裏？」

「你覺得有問題嗎？」張琳在我身前一米多的地方，她也停下了，轉頭問道。

「西恩——快回來——快——」我大聲喊道。

西恩還在和大象説着話，聽到我的喊聲，他轉頭詫異地看着我。

這時，我們的身邊，出現了上百人，這些人迅速形成一個包圍圈，把我們和三隻大象團團包圍。我看到了特里克，也看到了萊特，還有特里克身邊那四個壯碩的大力士。

「隊長，這幾個羅馬小騙子果然回來找大象了，你用這三隻大象吸引他們的計劃真不錯。」萊特手持寶劍，很是興奮。

「你們跑不了的——」特里克手裏拿着一把戰刀，他指着我們，「羅馬奸細——」

「剛才敢騙我説羅馬人打過來，你們一直都在騙我——」萊特揮舞着劍，「你們把我們的大象騙到哪裏去了——」

「萊特，你還囉嗦什麼？你先把他們給我抓起來，然後再審問——」特里克喊道，「要抓活的——」

「張琳，西恩，不要使用超能力，他們現在認為我們是羅馬人。」我小聲地提醒説，「被他們

抓住，正好貼近特里克，我們找機會抓他。望遠鏡和手錶藏起來，不能讓特里克知道我們有這些工具。」

張琳和西恩都點點頭。張琳把微型望遠鏡悄悄拿出來，扔在身後。我們還把手錶悄悄摘掉，扔在地上，我和西恩擋着，伊庇魯斯人沒有看見。張琳暗自用力，把微型望遠鏡和手錶全都踩進了鬆軟的泥土裏。

這時，萊特帶着四個大力士，以及十幾個士兵，一起吶喊着衝了上來。

我們三個背靠着背，形成一個小防禦圈，轉瞬間，我們就和那些士兵打在一起。這次衝上來的大力士全部使用木棒，一個大力士用木棒狠狠地砸向我，我一閃身，躲過他的攻擊，他又是一掄，我再次躲開，看準機會，一拳打在他的身體上。我不敢使用超能力，我感覺我的手都要斷了，大力士身體則稍稍一歪。

「哇，羅馬小奸細還很厲害——」大力士叫了起來。

兩個士兵衝上來，用槍刺向我，我飛身一躍，身體騰空而起，他們刺空了，我剛剛落地，一枝長槍又刺過來，我連忙躲閃，長槍劃破了我的衣服，我一驚，差點倒地。

那個大力士衝上來，木棒打在我的後背上，我當即被打倒，兩個士兵扔掉手裏的槍，一左一右撲上來，牢牢地按住了我。我用力一滾，掙脫了他們，大力士再次衝上來，壓住了我，我還想翻滾開，但是他的力氣確實很大，我怎麼也無法掙脫。

我的身邊，張琳和西恩也已經被抓住了，另外兩個大力士用繩子把他們捆了起來。我這邊，也被大力士捆了起來。我們三個很是狼狽，被推在了一起，周圍那些士兵都用刀槍對着我們。

「羅馬人可真是狡猾，都開始用小孩子來對付我們了，前兩天他們還送給我水果呢，原來是套

我的話。」萊特走上前，很是不屑，「這下老實了吧？你們倒是繼續打呀。」

「你們說，那晚半夜潛入我們戰隊的人也是你們吧？」特里克也走來問，「我聽說你們最後逃跑的時候還放了一個火球燒我們。」

「隊長，就是他們。逃跑的時候放了一個閃亮的火球，一定是羅馬人的妖術。」萊特有些激動地比畫着，「他們起初想刺殺你，現在又把大象偷走了。」

我們三個都不說話，只是瞪着他們。

「問你們呢？怎麼不說話？」特里克有些生氣了，他叫了起來，「說——大象去了哪裏？那晚是不是你們來刺殺我？」

我們還是不說話。特里克非常惱怒，他一伸手，一個大力士把手中的木棒交給了他。

「不說話是不是？」特里克站在了張琳面前，他忽然舉起了木棒，「那就讓你們知道我的厲

害——」

特里克舉起木棒，重重地砸在了張琳的頭上，張琳當即就暈了過去，倒在了地上。

「張琳——」西恩急得大叫起來，他扭動着身子，想要擺脱束縛，但是沒有用，我也一樣，只能跨出一步站在張琳身前，保護着她。

「你們兩個，説不説——」特里克瞪着我和西恩。

「説，我們説，你不要打了。」我急忙説，我很鄙視這個特里克，他專門找張琳下手，威脅我們，「我們就是羅馬戰隊的小武士，沒錯，那天晚上就是我們潛伏到你們的營盤。還有，大象已經跑散了，現在我們也不知道牠們跑去哪裏了。」

「嗯，這還差不多。」特里克有些滿意地點了點頭，他把木棒遞給大力士，「現在你們説，那個火球是怎麼弄出來的？」

我知道，特里克説的是西恩那天使用的防禦

弧，特里克並沒有親眼看見，只能聽描述。

「火球是我們出來的時候，我們的百夫長大人交給我們的，這是我們那裏新研製的武器。」我順從地說。

「哇，果然是新武器，告訴我，火球是怎麼製作的？」特里克說道，「我們也要有這種武器。」

「我也不會做呀……」我連忙說。

「哇，你又不老實了——」特里克說着舉起了棒子，對着有些蘇醒的張琳，「不說我就再打她——」

「不要，我說。」我大叫起來，「不過我們是小孩子，我們只是來刺殺你，火球怎麼做，我真的不太會。我可以去想一想，嘗試着做一下，這都是我們那裏的工匠做的，我又不是工匠。」

「好——」特里克揮了揮手中的木棒，「把他們先給我帶回去，還要報告皮洛士國王，我們抓住了三個偷走大象的羅馬小奸細，但是有三十隻大象

跑散了——」

　　兩個大力士走過來，架起了還沒有完全蘇醒的張琳，另外兩個大力士推着我和西恩，押送着我們回去。那三隻大象也被牽上，跟在士兵後面。

CHAPTER 8

午夜行動

　　我們三個被帶進了巨象戰隊的營盤裏，關進了一所房子。房子裏有一個囚室，囚室的三面都是碗口粗的木柵欄，另外一面是牆壁，牆壁上只有一個很小的窗戶。

　　我們的繩子都被解開，被伊庇魯斯士兵推進了囚室裏，囚室裏只有一張破牀，張琳躺在上面。

　　「你怎麼樣了？」我很是擔心地問道。

　　「我們這是在哪裏呀？我現在頭暈⋯⋯」張琳微微睜着眼睛，緩緩地説。

　　「我們被抓到巨象戰隊的營盤裏來了。」我説道，「你好好躺着，我去要點水。」

　　門口站着兩個士兵，看押着我們。他們倒是沒有拒絕我要水，不一會就送進來一個破陶罐，裏面

盛滿了水，他們還給了我們一個破碗，我們把水倒在碗裏給張琳喝下去，她似乎好了一些，說話也有點力氣了。

「特里克下手太狠了。」西恩咬牙切齒地說，「虐待大象，打人，穿越過來還是無惡不作。」

「等張琳養好傷，我們找機會把他抓回去，現在我們就住在營盤裏了，他們把我們『請』來，這倒是不用我們翻柵欄進來。」我有些自嘲地說。

「還要救走那另外二十隻大象，牠們現在應該就關在這裏的象舍。」西恩說。

「嗯，我想想辦法。」我點了點頭。

「凱文，那個特里克這麼暴虐，我們救走了三十隻大象，他不可能輕饒了我們。」西恩說，「難道就僅僅把我們關在這裏嗎？」

「他一定會折磨我們，我們要做好準備。」我有些沉重地說，「張琳快點好起來，我們一起行動，她現在這個樣子，站都站不穩。」

這時，門口傳來聲音，我和西恩立即都不說話了。只見萊特帶着一個五十多歲的老年士兵走了進來。

「這位是瓦蘭尼，是我們的隨軍工匠，現在你們要把那個火球是怎麼製作的、怎麼使用的告訴他。」萊特説，「要是不説，你們有苦頭吃。」

「那個火球……」我這下真的為難了，那根本就是西恩的防禦弧造成的爆炸，我也不知道「火球」怎麼製作，「首先，那是一個球……」

「廢話，那不是一塊石頭。」萊特説，「快點和我們的工匠説……」

「其實，做一個火石頭也不錯。」我笑了笑。

「喂，你不要在這裏開玩笑，你們不知道在什麼地方嗎？奸細要被處死的，留着你們就是讓你們説出火球是怎麼做。」萊特兇狠地瞪着我們説。

「可是、可是……」我確實有些着急了，「我們只是小孩子，我們真的不知道火球是怎麼做的，

任何地方的工匠都不會是小孩子。」

「可是你們被派出來弄走了大象。」萊特指着我說。

「這沒錯，我們有受過訓練，羅馬軍團……也就是我們那裏的軍團訓練我們打仗，訓練我們格鬥，但是沒有訓練我們當工匠。」我有些若無其事地說。

「好，嘴真硬，不肯教我們做火球。」萊特瞪着我們，「我這就去報告給隊長大人，你們就等着吧。」

說完，萊特帶着那個工匠，氣呼呼地走了。

「要是還來打張琳，我就和他們拚了。」西恩也很生氣，「我們帶着張琳衝出去。」

「過一會他們要是來報復，這間屋子裏最多也就進來五、六個人。」我看了看環境，壓低聲音，「只有幾個人，我們完全能對付，最好是特里克親自來，我們正好抓住他。剛才在外面，上百人圍着

我們，硬拚只能吃虧，到了這裏就不一樣了。」

「嗯，要迅速解決進來的人，不讓外面的人知道，我們就有機會帶着張琳出去。」西恩説，「特里克要是親自來，就先把他抓回去，再來救走大象。」

情況和我們預想的不一樣，特里克就像是把我們忘了一樣，根本就沒有來，直到晚上，他也沒有來。

門口看押我們的兩個士兵，倒是沒忘了我們的晚飯，他們送進來很不可口的飯菜，不過沒有辦法。我們吃了晚飯，張琳也吃了一些，她還好吃進去了。張琳一直躺在牀上，還是有些頭暈。

張琳暫時沒有康復，我們也無法展開行動，否則半夜時分我們就可以輕鬆衝破這個囚室，要麼去解救大象，要麼去抓特里克。現在我們只能等張琳恢復過來，我們才能一起行動。

第二天，特里克還是沒有來報復，我們很奇

怪，也很着急，因為明天就是希臘聯盟軍隊和羅馬軍隊交戰的日子了，那另外的二十隻戰象一定會被派上戰場。

張琳經過一夜的休息，身體好了很多，她能站起來走幾步路了。那兩個士兵又送來了早飯，還是那麼難以下嚥。

我們真的覺得特里克把我們給遺忘了，整整一個白天，沒有任何人來找我們。我們從窗戶向外看，這座營盤裏倒是和以往一樣的喧鬧，士兵們有的走來走去，有的在訓練，都忙碌着。我們甚至看到兩隻大象被牽着從窗前走了過去，也不知道去做什麼，這是那二十隻沒有被救走的大象中的兩隻。

夜幕降臨後，營盤裏逐漸安靜下來。士兵送來晚飯，而張琳的身體已經恢復得差不多了，她已經完全不頭暈，我和西恩都很高興。

「明天他們就要和羅馬人打仗了，估計今天顧不上我們，那個特里克在這裏當軍官，一定也忙着

打仗的事呢。」晚飯後，西恩分析説，「哎，明天大象就要衝鋒陷陣，不知道有多少隻要被打死，歷史書上也沒有具體説明。」

「今天晚上我們就可以行動，要麼去解救大象，要麼把特里克抓回去。」張琳很是認真地説，「你們放心，我完全好了。」

「到了後半夜，這裏的人都睡覺了，我們出去，先把剩下的二十隻大象救出去，我們可以騎着大象跑，大門前的士兵攔不住的。」我説道，「只要我們的動作夠快，夠隱蔽，在這裏的士兵全都醒來之前完成，就沒問題。」

「門口這兩個士兵，還有象舍裏的那幾個士兵，我一個人半分鐘內就能解決。」西恩有些激動地説，「等我們騎着大象跑出去，他們可能都還沒醒呢。」

「萬事要小心，來，我們計劃一下……」我説着警覺地向門口看了看。

我們制訂了一個詳細的計劃，準備過一會就實施。進來的時候我們都看過周邊的情況，象舍距離我們這裏不算遠。

營盤裏，一切都安靜了下來，而且非常早，昨天晚上七點多的時候，這裏還有很多人走動，現在居然都沒了聲響。我們感覺門口站崗的兩個士兵也都睡着了，我似乎聽到他們的打鼾聲傳來。

我們的行動不宜過早，我擔心有些士兵沒有睡着，我們決定凌晨一點行動，因此我們自己也好好休息了一會。午夜十二點，我們全都起來，這時的營盤裏已經完全安靜下來。我們則開始準備了，第一步，我們要打開囚室木門的門鎖，然後把那兩個士兵拖進來，捆綁住，把他們關押在這裏，我們才能去象舍救大象。

西恩蹲在門鎖前，我們已經知道怎麼打開這道門了——用我們的超能力，把門鎖直接撞斷，然後立即衝出去把那兩個士兵抓進來。西恩看看我和

張琳，我們相互點點頭，西恩雙手頂住門，用力一推，只聽�一聲，門鎖被我們破壞了，囚室的門當即被打開。

房間外，一聲號角傳來，那聲音極大。

我和張琳原本要向外衝，但是聽到號角，全都愣住了。

「我、我剛推開大門，他們就吹號角了？他們是怎麼知道的呢？」西恩百思不得其解地問道。

CHAPTER 9

被綁在大象背上

　　號角聲響起後，營盤裏頓時喧鬧起來，喊聲此起彼伏，我們知道大批的士兵應該是走出了營房，但是應該並不是來抓我們的。

　　「咣」的一聲，外面的大門被推開，兩個士兵走了進來。

　　「都沒睡覺？很好，走吧，跟我們走。」一個士兵喊道，「快。」

　　「我們要去哪裏呀？」我問道，營盤裏這麼熱鬧，此時無法營救大象了。

　　「隊長大人說帶你們走，你們走就是了，別問那麼多！」另一個士兵喊道。

　　我們從囚室裏走出來，跟着兩個士兵，出了房間大門。營盤裏，的確熱鬧至極，一隊隊的士兵正

在列隊，戰馬從馬舍中牽了出來，有幾匹戰馬還在鳴叫着。不遠處，一隻隻的大象也從象舍裏被趕了出來，二十隻大象的腳踩在地面上，震動聲響起。

「喂，我說，剛才我應該打開鎖，才把他們放出來的，但好像他們直接出來了。」押送我們的士兵對同伴說。

「好像是……」另一個士兵說，不過他很快就晃着腦袋，「不管了，沒關係，反正我們的任務就是看押他們，他們又沒跑掉，把他們交給萊特，就沒我們什麼事了。」

不遠處，有一架馬車，萊特和十幾個士兵等在馬車旁。萊特看到我們過來，立即指揮那些士兵把我們捆了起來。

「上車，都上車。」萊特指着馬車，說道，「你們三個小奸細，有馬車坐，多舒服，我們大部分士兵都要走路呢。」

「萊特，我們這是要去哪裏呀？」西恩着急地

問，「明天早上你們就要和羅馬人打仗了……」

「打仗？你知道我們要和羅馬人……要和你們的人打仗？」萊特瞪大眼睛，「你是怎麼知道的？」

「我猜的……我們是奸細呀，當然知道。」西恩想到一個很好的回答，興奮地晃着腦袋。

「嗯，也對。」萊特點點頭，「你們上車吧，你們可是有大用處呀，哈哈哈……」

我們三個上了馬車，二十個左右的士兵站在我們的馬車旁，他們看押着我們。營盤裏，還是那麼熱鬧，一隊隊的士兵列隊完畢，二十隻大象分成兩排，也站成了一長列。我們忽然看到了特里克，他騎着馬，在那裏比畫着。特里克的身後，還有兩個騎馬的軍官，四個大力士則一直站在特里克身邊，不時有人走過去向他報告。

「出發——出發——」特里克忽然大喊着。

一隊一百人的士兵，走在最前面，出了營盤大

門。他們的身後，是十幾個騎兵，再往後，巨象戰隊被士兵驅趕着跟了出去。我發現走在第一個的大象是一隻體形巨大的公象，這應該是新的頭象，取代那隻已經跑進拉迪諾森林的頭象。

巨象戰隊後，又跟上了一百多名士兵，隨後，我們的馬車也出發了。馬車兩側，各有十名士兵緊緊地跟着，馬車的最後，是騎着一匹馬的萊特。

我們的前後左右都是士兵，整個巨象戰隊一千多人全部都開拔了出來。由於是夜間行進，很多士兵手裏都舉着火把，我向後張望，隱約看見特里克騎着那匹高頭大馬走在隊伍的後面。

此時無論是解救大象，還是抓走特里克，都不可能了。我感覺我們的隊伍沿着海岸線，先是向北走了一小段，然後掉頭向西南方向行進。走了大概五公里，我看到前方有一支大軍，人數足有五千人，向同一個方向進發。

「張琳，西恩，我知道我們是去幹什麼了。」

我有些沉重地説，「我們在向赫拉克利亞鎮前進，我們所處的時間就是赫拉克利亞戰役爆發的時間。早上，希臘聯盟軍隊就要和羅馬軍隊在那裏的郊外決戰了。」

「為什麼要在赫拉克利亞鎮郊外打仗呀？羅馬軍隊不就在塔蘭托城北面嗎？在城北直接打呀，怎麼都跑遠路到赫拉克利亞鎮打仗呢？」張琳問道。

「史書上説，羅馬軍隊想攻佔赫拉克利亞鎮，從而切斷塔蘭托城和意大利南部的希臘聯盟者的聯繫，希臘聯盟這邊當然不願意，所以兩邊都趕往這裏，最後這裏成了決戰之地。」我解釋説。

「特里克完全可以把我們關押在營盤裏呀，有必要帶着我們來打仗嗎？我們又不會幫他打仗。」西恩不屑地説。

「不知道他為什麼要把我們帶來，我感覺這裏面有問題。」我思考着説，「特里克一定有什麼壞主意。」

「管他什麼壞主意，我一直沒使用超能力呢，他要是想害我們，我把他打成一片。」西恩恨恨地說。

「只能隨機應變了，我們特種警察就是要應對各種突發情況和自身掌控不到的局面。」我看了看身後，試圖尋找特里克，「哎，只是一旦開戰，二十隻戰象就要被驅趕着投入戰鬥了。這段歷史、這場戰役的發展也不取決於這些大象，可是牠們要白白死去了。」

「羅馬小奸細——」萊特騎着馬，指着我們，「你們在説什麼呢？又在想辦法騙我們嗎？都給我閉嘴——」

西恩瞪了萊特一眼，不過我們都不説話了。我在想着未來會出現的局面，只不過特里克打仗為什麼要帶上我們，這點真的很難想到原由。

我們的後面，一路有大軍跟上，看樣子也有幾千人。我們一路走了有三十公里。此時，遠處的天

空已經開始泛白了，周圍不時有號角聲傳來，還有馬匹的嘶鳴聲。

又向前走了大概十公里，我們在一處樹林前停了下來。不遠處，有一座小鎮，我猜那就是赫拉克利亞鎮。

天亮了，士兵都熄滅了火把，我站在車上，看清了四周的情況。我們的周圍，全都是士兵，一隊弓箭手，足有五百人，正在向北面移動，更遠處，有上千名士兵推着拋石機也在向北面移動。

「馬上就吃飯了——」萊特騎着馬走向我們的隊伍前，邊跑邊喊，「吃飽一些，一會打羅馬人才有力氣——」

「侍衛官大人，他們怎麼辦？要給他們解開吃東西嗎？」看護我們的一個士兵追了兩步，指着我們問道。

「不用了，他們馬上就要死了，不用吃飯。」萊特説着就走了。

我們都聽到了這句話，我心裏一沉，果然，特里克帶着我們來，是有目的的，不過具體要怎麼處置我們，還是猜不到。

　　那些士兵全都坐在了地上，不一會，有人推着裝滿食物的車，來到我們這邊，士兵們紛紛去領食物，坐在地上吃了起來，我們則一直被捆着。

　　我一直找尋特里克在哪裏，但是來到這裏後，就看不到特里克的身影了。這時，有幾十個士兵抬着水桶，向前面的巨象戰隊走去，一看就是給大象餵水喝。那二十頭大象站在我們不遠處，都很安靜，牠們也不知道將要發生什麼事。我看過書，書上介紹這種戰象上陣的目的，就是利用龐大身體衝擊敵方軍陣，跟隨的士兵趁機跟上，徹底擊垮敵軍。

　　士兵們吃好了飯，又過了一個小時，我判斷大概在八點左右，特里克騎着馬回來了，他身邊的四個大力士，也都騎上了馬。

「集合列隊——」特里克一回來就喊道。

士兵們立即開始集合列隊，隨後，特里克走在第一個，帶着大家向北面走去。這時，號角聲此起彼伏，我甚至聽到了更遠處的號角聲，那應該是羅馬軍團發出的。

我們被帶着向北前進了一千米左右，在我們的左側，足有上萬人的希臘聯盟軍團，舉着各式的旗子，威風凜凜地形成了幾個方陣。我們的對面，羅馬軍團也舉着各式的旗子，組成了幾個方陣。雙方面對面，相距五百米左右，一場大戰即將展開。

「大場面呀。」西恩站了起來，看着對陣的雙方，感慨地說。

我們被帶到羅馬軍團側面，距離羅馬軍團五百多米後停下，特里克指揮着，二十隻戰象一字排開，站在整個戰隊的第一排。戰象由托勒密王國的士兵牽引着，戰象身後，是手持長槍的伊庇魯斯士兵。我們這個戰隊後一百多米，不知道從哪裏又趕

來了一個兩千人的戰隊，列成方陣，站在那裏。

「大家注意──」特里克騎馬走到象羣後，面對着士兵，「一會，戰鬥打響後，我們的任務是衝擊羅馬軍團的側面，一舉衝進他們的方陣。我們將利用戰象衝擊羅馬軍團，不用擔心我們少了三十隻戰象，我有辦法讓那些羅馬人不敢對我們射擊，我們能輕鬆地衝進他們的方陣……萊特，把三個羅馬小奸細綁在戰象上。」

站在我們馬車旁邊的萊特答應一聲，指揮那些士兵把我們抬起來，走到戰象身邊。我們被放在三隻大象後背上，腿被牢牢地綁在大象身上，手也被捆着。我們看着面前的羅馬軍團，那邊的軍團士兵也都在看着我們。

「隊長大人，其他大象後背上要裝上木板城堡嗎？」一個軍官走過來問道，「我們的士兵可以坐在城堡裏向羅馬人射箭。」

「不用，有了這三個羅馬小奸細，羅馬人不敢

射箭，我們這次就是要速度，速度！大象要直接衝過去，衝垮敵軍的布陣。大象後背裝上木板城堡，再坐進去幾個士兵，速度會下降很多。」特里克看看那個軍官，隨後提了一下馬韁繩，向前走去。

特里克向前走了四百米，身後只跟着兩個大力士，對面的羅馬人都做好了攻擊的準備，不過他們應該明白，只有三個人過去，明顯不是展開攻擊。

「羅馬人——」特里克在距離羅馬軍團不到一百米的地方站好，他大喊起來，「看看吧！你們派出的小奸細，已經被我們抓住了！你們可以向他們射箭呀，射死你們自己人——」

説着，特里克轉身回來，而我們坐着的大象則被三個士兵牽引着，向前走了三百米，隨後三個士兵指揮大象站住。我發現我騎着的就是那隻新選出來的頭象。

對面的羅馬士兵都看清了我們，不過他們無動於衷，全都做着攻擊的準備。我們的身後，剩下的

十七隻戰象也跟了過來。

我明白特里克的詭計了，他以為我們真的是羅馬人，所以把我們綁在大象上，然後衝擊羅馬人的方陣，這樣羅馬人怕傷及我們，就不敢對着我們這邊射箭，巨象戰隊就能快速衝過去，衝垮對方的戰陣。而即使巨象戰隊成功衝破敵陣，我們就算毫髮無損，也是會被殺掉的，因為剛才萊特都説了，我們馬上就要死了。

特里克沒有立即發起攻擊，而是把我們推到羅馬人眼前，還告訴羅馬人我們是他們派出的奸細，就是要羅馬人來識別我們，可是我們根本就不是羅馬人，那些士兵也不會認識我們。只要我們向前衝擊，他們會果斷射箭，甚至投擲標槍攻擊我們。

特里克很是得意地躲在我們身後一百多米的地方，他告訴那些士兵，巨象戰隊衝擊羅馬人戰陣的時候，要跟在後面，一旦戰陣被衝開，就立即跟上，殺敵立功。

CHAPTER 10

全部救走

「張琳，西恩——」我快速地分析着戰地形勢，還有脫身辦法，我覺得我們面臨很大風險，同時也有個難得機會，「一旦展開衝擊，聽我指揮，先把繩索掙脫開……」

「喂，你們商量什麼呢？都閉嘴。」大象後面，一個托勒密王國的士兵喊道。

我們不說話了。這時，在希臘聯盟軍隊和羅馬軍團對陣的正面，希臘聯盟軍隊發出一聲號角，一萬多名士兵吶喊着，開始衝向羅馬軍團。

羅馬軍團方面，密集的箭枝射出，衝在最前面的一些希臘聯盟士兵紛紛中箭倒地，後面的士兵踩着同伴的身體，繼續湧上。羅馬軍團的後方，拋石機拋出的巨石飛躍己方戰陣上方，砸向希臘軍團。

戰場上一片喊殺聲，刀光劍影，血雨腥風。

我驚異地看着不遠處的戰場，這時，希臘聯盟軍團那邊，傳出了三聲號角。

「大家準備——聽我口令——」特里克提了一下馬韁繩，向前走了幾米，他高舉起手，隨後重重放下，「巨象戰隊——衝——」

我們對着的是羅馬軍團的側面。聽到特里克下令，我們身後的幾個士兵用木棍猛擊大象，三隻大象受驚，發出嘶吼後一起衝了出去，身後的十七隻大象，也跟着衝了出去。那幾個驅逐大象衝鋒的士兵，則跑到兩側，讓象羣整體衝出去，他們才在後面跟上。

大地開始了震動，巨象戰隊撲向了羅馬軍團。羅馬軍團那邊，為首的軍官看到我們衝過來，立即一揮手，他的手下亂箭齊發，對着我們就射了過來，特里克預想的事沒有發生，對面的羅馬人都不明白為什麼要把我們綁在大象身上，這一點都要脅

不到羅馬人。

「掙脫繩子，打掉箭枝——」我坐在大象的後背上，大喊道。

我一用力，身上的繩子被掙斷了，我抓起繩子的一頭，掄了起來。這時，對面的箭枝已經飛射過來，我用繩子打落那些飛向我和大象的箭，張琳和西恩也是一樣。

特里克距離我們有二百多米，他依稀看見我們掄着繩子，頓時愣住了，他第一沒想到羅馬人會直接對着我們射箭，第二沒想到我們能掙開繩子。

羅馬士兵看到我們已經衝過來，全都嚇壞了，二十隻大象踩在地上，大地震動，塵土飛揚。這時，一枝枝的標槍從羅馬軍團那邊飛了過來。

張琳第一個抓住一枝標槍，揮舞着打落了兩枝飛向她的標槍，我和西恩也各抓住一枝標槍，隨後開始撥打飛過來的箭枝和標槍。

巨象戰隊衝到羅馬戰陣前不足三十米，羅馬士

兵都慌了，有些士兵掉頭就跑，他們都怕被大象踩死。後面有些士兵組成一排排的佇列，把長槍伸了出來，這樣大象衝過去後就會被刺中。

我看準時機，開始拚命拉頭象左側的繩子，讓牠改變行進方向，同時用標槍敲打牠的右側，頭象在羅馬軍陣前不到十米的地方開始轉向，擦着羅馬軍陣的外緣，向西面跑去。頭象一轉向，張琳和西恩騎着的大象，以及他們身後的十七隻大象跟着轉向，二十隻大象一路向西跑去。

大象身後，跟上來的士兵們全都愣住了，他們眼見着大象轉向跑掉，完全沒有衝擊羅馬軍陣，有些士兵想去追我們，但是對面的羅馬士兵可沒給他們這個機會，敵軍都衝到眼前了，羅馬士兵呼喊着衝了上來，雙方頓時打在了一起。

我沒有萬能手錶，看不到地圖，我只是抓住了這個轉瞬即逝的機會，駕馭着頭象，帶着象羣立即離開這個地方。我們本來就在羅馬軍團的最外側，

所以我們一路向西狂奔，也沒有羅馬軍團阻攔。

戰場的喊殺聲離我們越來越遠了，大象奔逃的速度也漸漸慢了下來。我們的身邊，是一片荒原。我們的目標，是向西再找到一處原始森林，安置這二十隻大象。拉迪諾森林在東面，中間隔着一大片戰區，這二十隻大象去拉迪諾森林和三十隻大象匯合的可能性是沒有了，我們只能選擇新的地方安置牠們。無論如何，我們把這五十隻大象全都救了出來。

遠處，大概一千米左右，我們發現了一個小鎮，小鎮周圍有人活動，我們判斷這附近應該沒有原始森林，現在我們沒有了萬能手錶，只能憑感覺判斷。

我們騎着大象，一路向西走去，一直走到傍晚。前方，終於出現了連綿的樹林，我們三個頓時興奮起來，駕馭着大象快速向那片樹林走去，我們要走進去看一下那裏是否原始森林。

我們來到了樹林邊，看到了那些十分粗壯，三、四個人合抱都抱不住的大樹。這樣粗壯的大樹一直延續至森林深處，往兩側看，森林的兩邊根本就望不到盡頭，這就是一處原始森林，我判斷距離塔蘭托城將近一百公里。

「進去吧，全都到森林裏去。」我們三個從大象後背上下來，我拍着頭象的身子，説道，「再也不要出來，就在這裏生活下去吧。」

頭象看了看我，似乎聽懂了我的話，牠仰頭甩了甩鼻子，鳴叫了一聲，隨後慢慢走近森林，回頭看了看我。我對頭象擺擺手，頭象走進了森林裏。

另外的大象，全都跟在頭象身後，走進了森林。其中有三隻身上中了幾枝箭，都被張琳和西恩把箭拔出來，三隻大象僅僅受了輕傷，並沒影響到行動。

我們三個看着最後一隻大象走進森林，都呼出一口氣，我們完成了拯救大象的計劃。而且，在我

們營救大象的時候，全都沒有發生違背穿越法則被拋走的情況，這說明我們沒有改變歷史。

確定大象安全進入森林，我們三個轉身回去，天已經黑了下來，我們還要趕回到塔蘭托城去，把特里克抓回去現代社會呢。

「我們剛才逃出來的赫拉克利亞戰役，就是在一天內結束，現在希臘聯盟軍隊已經獲得這場戰役的勝利，羅馬人敗走。希臘聯盟軍隊除了少量部隊駐紮在赫拉克利亞鎮，大部分都回到塔蘭托了。」我邊走邊說。

「特里克的大象都被我們救走了，他現在一定正在哭呢，大象還都是托勒密國王借給他們的。」西恩興高采烈地說，「這下他可慘了。」

「他還想拿我們當人質，阻止羅馬人射擊，他又壞又狡猾。」張琳在一邊，憤憤地說。

我們一路向塔蘭托城走去，我判斷儘管沒了大象，特里克應該還是會返回原來的駐地，接下來

我們要偵查他的情況，把他抓回去。我們剛才駕馭大象逃走時，只是在掙脱繩子的時候，使用了超能力，他距離我們遠，應該也沒有看得很清楚，因此不會知道我們是有超能力的特種警察，所以也不會穿越走。

我們在黑夜經過了白天的戰場，那裏已經被打掃過了，羅馬人早就撤走了。不遠處的赫拉克利亞小鎮上，有希臘聯盟軍隊駐守，不過也都在休息。

返回到塔蘭托城，我們並沒有先去巨象戰隊的營盤，而是過了河，來到那片樹林外，把我們踩進泥土中的萬能手錶和微型望遠鏡找了出來，清洗了一下，重新戴上。

此時，已經是早晨了。我們三個在樹林裏休息了幾個小時，恢復了精神，隨後穿過樹林，來到河邊。我們找到一座小橋，從小橋過了河，然後向那個營盤走去。

來到營盤那裏，我們先躲到大門旁一棵樹後，

向營盤裏張望。裏面比較安靜，有些士兵在營盤裏走動着，看不出來他們昨天打了一場勝仗的樣子，反而有些平靜。

「歷史書上是怎麼説的？我是説接下來希臘聯盟軍隊會怎麼樣，待在這裏還是離開？」西恩小聲地問。

「還是在這裏，過一段時間羅馬軍團會捲土重來，他們之間還會開戰。」我説。

「也就是説，特里克也一直會待在這裏了。」西恩點點頭，「那我們只要等機會，他出了這個營盤，我們就能動手抓他。」

「衝進去抓可以嗎？」張琳望着不遠處的營盤，「裏面的士兵似乎少了很多，是不是昨天都被羅馬人給打死了？」

「會有一些損失，但是這些人本來是依靠大象衝擊敵陣的，大象都跑了，他們應該不敢和羅馬人發生太激烈的戰鬥。」我想了想説，「丟了那些大

象，希臘聯盟的皮洛士國王應該饒不了特里克，一定大罵他一頓。」

這時，我們看到兩個穿着紅色戰袍的希臘聯盟軍隊的軍官，騎着兩匹高頭大馬進了軍營，從戰袍的質地上看，這是兩名高級軍官。兩個軍官把馬拴在特里克住的那所房子前，隨後走進了特里克的房子。

我們三個都有些奇怪，這樣的高級軍官來這裏，也不知道是幹什麼，不過很快就有了結果。只見兩個大力士推開了門，另外兩個大力士押着被捆綁起來的特里克，從房間裏走了出來，特里克一邊走一邊叫着。

「不要怪我，不能這樣對待我——」

四個大力士根本就不理他，押着他的兩個大力士按着他的肩膀，用力把他往前推，特里克被推倒在地上，一個大力士走上前，把他提了起來。

「國王說好好看押，不能讓他跑了，這傢伙很

厲害呢，要輪流值班看押。」萊特高喊着，從房間裏走了出來。

特里克被押進了曾經關押我們的那間房子，四個大力士全都進去了，萊特也跟了進去。過了一會，萊特一個人走了出來，隨後也不知道去了什麼地方。

我們三個面面相覷，不知道具體發生了什麼事，也不知道為什麼特里克被押了起來。

「是不是弄丟了大象，國王怪罪下來了？好像也只有這個理由。」我猜測道。

「你們看，那個萊特，要出門！」西恩突然激動地說。

果然，萊特不知道從哪裏走了出來，他正在向大門走去，得意洋洋，晃着腦袋。

監斬官

　　我看了看張琳和西恩，相互點了點頭。我們要抓住這個萊特，問清楚情況。

　　萊特出了大門，向南面走去，我們悄悄地跟在了他的身後，他完全沒有察覺。忽然，他向右一轉，進到一條小路上，遠離了營盤。小路的兩側有房子，也有很多樹。

　　機會來了，我們當然不能錯過。西恩快走幾步，一下就抱住了萊特，隨後把他往樹後面拖，我和張琳也快步跟上，我警惕地看看四周，這裏沒什麼人，更沒人看見我們。

　　萊特根本就掙脫不了，西恩鬆開他以後，張琳已經用霹靂劍的尖刃抵住了萊特。

　　「你們、你們是羅馬小奸細……啊，不是，是

羅馬小祖宗……」萊特驚叫起來，「你們不要殺我呀，打敗你們的不是我，是皮洛士國王……」

「小點聲——」張琳瞪着萊特，「我們不是羅馬人……」

「不管你們是誰，都不要殺我呀。大象也被你們偷走了，你們要殺就去殺特里克前隊長吧，不過……」萊特晃晃腦袋，「他馬上就要被殺……」

「你説，為什麼把特里克給關了起來？為什麼要殺他？」我問道。

「他這個巨象戰隊的隊長弄丟了所有的大象，影響了皮洛士國王的攻擊計劃，皮洛士國王哪裏去找五十隻大象還給托勒密國王呀，所以皮洛士國王生氣了，要處決特里克隊長。」萊特説，「剛才來了兩個大臣，送來了國王的命令，其中一個大臣還是監斬官，要看到特里克被處決才回去覆命。」

「怎麼把特里克關起來了？為什麼不馬上處決？」我繼續問，「你們等什麼呢？」

「有三百人早上派出去巡邏了，這是我們的任務。他們回來後要召集所有戰隊的人圍觀處決，弄丟大象就是這個下場，這是皮洛士國王要求的。」萊特眨眨眼睛，「你們也去圍觀處決吧，我可以給你們找個很好的位置。」

「不要耍花樣。」我瞪着萊特，「巡邏隊什麼時候回來？」

「應該回來了吧，我來這邊買燒雞，監斬官大人要吃……」萊特忽然笑嘻嘻地說，「英勇的羅馬小祖宗，我也可以買給你們吃……」

「你就知道吃。」我看看張琳和西恩，「把他綁起來。」

張琳和西恩從萊特的衣服撕下來幾條布，把萊特綁了起來，我們把他帶到一座房子後面，我讓被捆着手腳的萊特坐在地上。

「就在這裏，不要亂喊，你要是亂喊，我們就會來教訓你。下午還是沒人來救你，你才開始喊

救命，一定有人能聽到的。」我拍了拍萊特的頭，「聽明白了嗎？」

「嗯，嗯。」萊特用力點着頭。

我和張琳、西恩從房子後面走出來，然後沿着小路向營盤方向走去，我們來到營盤旁的街上，正好看到那三百人的巡邏隊正在走進營盤裏。

「那些士兵都回來了，特里克要當着所有人的面前被斬殺，這其實也違反穿越法則，只不過這是那個時代的人在不知情的情況下所為。特里克不會真的被殺死，因為他是兩千多年後才出生的人，但是他在被埋葬後，身體會被拋回到現代，落在什麼地方就不知道了，也許是大洋深處，也許是火山口。」我很是焦急地說，「這傢伙的確不是什麼好人，但是所有的罪行，要由法庭來審判，我們必須把他帶回去。」

「也就是說，我們要救走他？」西恩問道。

「是的，救走他，把他帶回去。」我立即點點

頭。

「可是那裏現在應該有一千人⋯⋯」張琳很是為難地説。

這時，軍營裏沸騰起來，原本在房子裏的士兵也都走了出來，那兩個傳令處決特里克的大臣也走了出來。兩個身材高大的士兵站在營盤中間的空地上，其中一個手持大刀，四個大力士把特里克押了出來。

「不要怪我呀——羅馬小奸細太狡猾——」特里克哭喊着，他當然也知道在這裏被處決後自己會被拋回現代，但落點完全不知道，要是落進火山口或者大海深處，他就真的死了，而地球上海洋面積又是那麼大。

我看了看營盤四角的塔樓，腦子飛速運轉着，必須馬上出手，特里克就要被處決了。

「這次，我們來一個上次西恩在小樹林引開伊庇魯斯士兵的升級版。」我説着看看西恩，「西

恩，立即去營盤東面，再釋放一次防禦弧，弄出大動靜，吸引他們注意，然後你去北面發動攻擊。張琳，你去南面，也發動攻擊⋯⋯」

我飛快地安排了任務，西恩和張琳一起飛奔出去。我一個人來到營盤大門口，看着大門口站着的兩個士兵，本來這裏站着四個士兵，有兩個也去看處決特里克了。

營盤裏，所有的士兵都圍在空地上，特里克已經跪在了空地中央，他哭喊着求饒。他的身邊站着一個拿着刀的士兵，另外一個士兵按着他的肩膀，叫他閉嘴。四個大力士則已經退到了一邊，等着特里克被處決。

特里克是有超能力的，但是他面前有一千個士兵，他一個人抵抗，無論如何都是跑不出去的。

「國王有令，巨象戰隊隊長特里克，在此次和羅馬人的戰鬥中，完全失職，被羅馬人先後騙走五十隻戰象，貽誤了戰機，身為隊長，他罪不容

恕──」那個充任監斬官的大臣站在特里克身後，高聲宣布，「國王命令立即當眾處決，今後誰在戰鬥中失職，貽誤戰機，和特里克同罪──」

「不要殺我呀──不要……」特里克大哭起來。

「立即執行──」監斬官大喊一聲。拿着大刀的士兵一下就舉起了大刀。

「轟──」的一聲巨響，營盤的東面，發生了爆炸，響聲一下震動了所有士兵，很多士兵向東面湧去，看看究竟是什麼在響。

「有人進攻我們──」營盤北面的塔樓，一個士兵忽然大喊起來。

只見西恩在北面的柵欄外，又釋放了一道防禦弧，他向防禦弧扔了一塊石頭，防禦弧當即炸開，柵欄被炸斷，西恩揮舞着一根木棍衝進了營盤裏，有個士兵迎上去阻截，被西恩打倒在地。

上百個士兵跑回住房，拿出了武器，吶喊着向

西恩衝了過去。

「有人攻擊我們——」南面塔樓上的士兵這時忽然大喊起來。

張琳揮舞着霹靂劍，斬斷了兩根柵欄板，她也衝進營盤，幾個士兵趕過去，被張琳打倒在地。這下足有幾百名士兵湧向營盤的南面，對付張琳。

小部分士兵還在營盤的東面，其餘的士兵要麼去了營盤北面，要麼去了營盤南面。空地上，只有十幾個士兵站在那裏，舉着刀的那個士兵把刀也放了下來，他要當眾處決特里克，但是此時觀眾都跑了，那兩個大臣也都傻傻地站在空地那裏。特里克想逃跑，但是身邊還有十幾個士兵，他自己還被捆着。

我找到一根粗樹枝當武器，直接從正門衝了進去，正門的兩個士兵阻攔我，被我打倒了。我一直衝向空地，沒有任何士兵阻攔我，大部分士兵此時都被吸引到了營盤的南北兩端。我衝到了特里克身

前，幾個士兵認出了我，連忙上前阻攔，他們大部分都沒拿武器，被我幾下就打翻了。

「羅馬小奸細好厲害呀──」幾個士兵大喊着，跑去拿武器了。

兩個大臣也跟着跑了，只剩下幾個倒地的士兵和在那裏發愣的特里克。

「特里克──」我大叫了一聲。

「你是羅馬小奸細──啊，你這身手，你是特種警察，穿越來的──」特里克恍然大悟地説，「你是來抓我的，不用抓，快帶我走──」

「你是第一個要求跟我們走的嫌疑犯。」我説着就把捆着特里克的繩子拉斷，「快走──」

CHAPTER 12

匯合

　　特里克慌忙站起來，跟着我向外跑去。我們向大門狂奔，一路上，只有三、四個阻攔我們的士兵，被我輕鬆擊垮。

　　我們出了大門，兩個士兵追了出來，我把木棒扔向他們，帶着特里克向對面的小街跑去。

　　「張琳——西恩——營救成功——你們快撤——去約定地點集合——」我邊跑邊打開萬能手錶，喊道。

　　我帶着特里克穿過小街，來到河邊，我們的身後已經沒有了追兵，我們沿着河跑了一段，來到橋邊，飛快地上橋，很快就衝進了河對面的樹林。

　　特里克一副驚魂未定的樣子，他跟着我一路跑着。我感覺周圍只有樹木，身後一定沒有任何的追

兵。我終於平靜了一些，速度也放慢許多，這一路狂奔，消耗了我大量體力。

我們快要穿越出樹林了，前面林木越來越稀疏。我停下腳步，扶着一棵樹，大口地喘着氣。

特里克也停下來，他也累壞了，直接坐了在地上。

「他們不會追上來了吧？」特里克心有餘悸地問道。

「不會，他們的速度趕不上超能力者。」我回答説。

「那就好。」特里克點點頭，「謝謝，太謝謝了，我和你們走，我知道你們是特種警察，昨天我似乎看到你們在大象背上掙脱了繩子，就有點懷疑了，但是我沒看清楚，也沒法判斷，結果你們真的是特種警察。」

「你和我們回去，你的事要由法庭裁決，在這裏你只會被處決，到時候你就慘了。」我用規勸的

語氣説道。

「我明白，我明白。」特里克連連點着頭。

我叫特里克起身，我們繼續向前走，樹林外面，就是當時我們把萬能手錶和微型望遠鏡踩進土裏的地方，這裏就是我和張琳、西恩約定匯合的地方，我堅信他們一定能脱身跑出來。

「我們這是去哪裏呀？」特里克問道。

「正在前往匯合的地方，一起穿越回去我們的時代。」我向前看着，不到一百米，就是我們要匯合的地方了。

「好的，快點回去，快點回去……」特里克重複地説，似乎急着要離開這個地方。

我又向前走了幾米，忽然，「咣」的一聲，我頓時感到頭暈目眩，身體站立不住，我倒在了地上。

特里克手裏拿着一根粗樹枝，那是他剛才悄悄拿在手裏的。特里克從背後偷襲了我。

「還想把我帶回去，做夢！」特里克站在那裏，嘲弄地笑着，「我在這裏確實會被處決，但是我可以穿越去別的時期呀，我為什麼一定要待在這個時期呢？」

我還有意識，也聽到了特里克的話，我掙扎着想站起來，但就是沒有力氣，我趴在地上，雙手用力拄地，還是沒法站起來。

特里克看到我還在動，惡狠狠地瞪着我，他上前一步，把粗樹枝高舉起來，想要再用力打下。

「嗖——」的一聲，一把長劍飛了過來，正好打在粗樹枝上，特里克毫無防備，粗樹枝被打落在地。

長劍就是霹靂劍，是張琳拋過來的，她已經脫身，急着跑來我們預設好的匯合地點，正好看見特里克要行兇。她距離特里克還有五十米，就直接把霹靂劍拋過來，打掉了特里克手中的兇器。

我掙扎着爬起來，轉身坐了在地上，呼出一口

氣。這時，張琳已經衝了過來，特里克看見張琳，嚇壞了，他倒退兩步，隨後轉身想跑。

張琳衝上去，一拳打過去，特里克被打中，他向前一撲，差點摔倒。他有些惱羞成怒，轉身揮着拳頭打向張琳，張琳靈巧一閃，隨後飛起一腳，踢中了特里克。

特里克慘叫一聲，倒在地上，他就地一滾，爬了起來。特里克看到了張琳的那把霹靂劍，衝過去拿了起來，隨後揮舞着向張琳刺去。

張琳一閃，後退兩步。

「謝謝。」張琳看着特里克，笑了，隨即一伸手，「霹靂劍——」

霹靂劍立即從特里克手中飛出，飛到了張琳手中。特里克大吃一驚，他後退一步，看到了地上的那根粗樹枝，他連忙把粗樹枝拿起來，想當做自己的武器，但是剛拿起來，又扔在地上，他怕這根粗樹枝也飛到張琳手裏。

張琳都被他的舉動逗笑了。她上前兩步，用劍猛刺特里克，特里克連忙躲閃，不過他剛剛站穩，就發覺張琳的霹靂劍已經搭在了他的肩膀上。

　　「別、別⋯⋯」特里克嚇壞了，連忙求饒，「我和你們回去，我錯了，我知錯了，我再也不逃跑了，我⋯⋯」

　　「把自己的腳捆起來。」張琳説着，從口袋裏扔出一條繩子。

　　特里克慌忙用那根繩子捆住自己的雙腳，然後皮笑肉不笑地看着張琳。

　　這時，我已經能站起來了，我捂着自己的脖頸，特里克下手真重，要不是超能力者，此時根本就醒不過來。

　　「你坐在那裏，坐好。」張琳用劍指着特里克。

　　特里克連忙坐下，低着頭。張琳走到我的身邊。

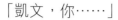

「凱文，你……」

「我沒事，我好多了，剛才被他偷襲了一下。」我擺了擺手，「西恩還沒有來……」

「我脫身比較容易，那些士兵圍攻我，但是聽到你的撤退命令，我很快就撤走了。」張琳説道，「要不要呼叫一下西恩？」

「先不要。」我搖搖頭，「萬一他在隱蔽，手錶傳出來的聲音可能會驚動到那些搜尋他的士兵。」

半個小時過去了，西恩還是沒有過來，我們都很着急。那個特里克，似乎很老實地坐在那裏，但是不停地用眼睛偷看我們，一定又在想着什麼壞主意。

又過了半小時，張琳急着想去找西恩了，我讓張琳再等一下。其實我也想要去找西恩，要不是還要在這裏看押特里克，我們早就去找了。

這時，樹林那邊一陣響動，西恩從裏面跑了過

來。

「西恩——」張琳衝過去，一把就抱住了西恩，用力搖晃着。

「這⋯⋯」西恩倒是有些愣住了，「為什麼這麼熱情？」

「你怎麼現在才來？」我走過去，抓着西恩，連忙問。

「我怕那幫士兵跟着我跑過來，就一直向北跑，轉了很大個圈才回來，放心，我把他們全都甩開了。」西恩有些得意地説。

「好了，我們可以回去了。」張琳高興地説。

張琳和西恩架起了特里克，特里克這時完全是垂頭喪氣了。我則走到前面的空地上，抬起了手。

「總部時空隧道管理員，我是阿爾法小組051號特工，我和另外兩個同事申請開啟穿越通道，我們已經完成任務，要把穿越逃犯特里克帶回來，請輔助我們實施穿越。」我沉穩地説。

「我是9號時空隧道管理員，祝賀你們。請問穿越方式。」手錶裏，總部時空隧道管理員的聲音傳來。

時空調查科13

巨象戰隊

作　　　者：關景峰
繪　　　圖：Mimi Szeto
責任編輯：黃稔茵
美術設計：許鍩琳
出　　　版：新雅文化事業有限公司
　　　　　　香港英皇道499號北角工業大廈18樓
　　　　　　電話：（852）2138 7998
　　　　　　傳真：（852）2597 4003
　　　　　　網址：http://www.sunya.com.hk
　　　　　　電郵：marketing@sunya.com.hk
發　　　行：香港聯合書刊物流有限公司
　　　　　　香港荃灣德士古道220-248號荃灣工業中心16樓
　　　　　　電話：（852）2150 2100
　　　　　　傳真：（852）2407 3062
　　　　　　電郵：info@suplogistics.com.hk
印　　　刷：中華商務彩色印刷有限公司
　　　　　　香港新界大埔汀麗路36號
版　　　次：二〇二二年十二月初版

ISBN：978-962-08-8124-4
© 2022 Sun Ya Publications（HK）Ltd.
18/F, North Point Industrial Building, 499 King's Road, Hong Kong
Published in Hong Kong SAR, China
Printed in China